找信号

索南才让 著

译林出版社

图书在版编目（CIP）数据

找信号 / 索南才让著. —南京：译林出版社，2023.2
ISBN 978-7-5447-9485-5

Ⅰ.①找… Ⅱ.①索… Ⅲ.①中篇小说—小说集—中国—当代 ②短篇小说—小说集—中国—当代 Ⅳ.①I247.7

中国版本图书馆 CIP 数据核字（2022）第 201982 号

找信号　索南才让 / 著

责任编辑　黄文娟
装帧设计　周伟伟
校　　对　孙玉兰
责任印制　单　莉

出版发行　译林出版社
地　　址　南京市湖南路 1 号 A 楼
邮　　箱　yilin@yilin.com
网　　址　www.yilin.com
市场热线　025-86633278
排　　版　南京展望文化发展有限公司
印　　刷　徐州绪权印刷有限公司
开　　本　850 毫米 ×1168 毫米　1/32
印　　张　8.125
插　　页　4
版　　次　2023 年 2 月第 1 版
印　　次　2023 年 2 月第 1 次印刷
书　　号　ISBN 978-7-5447-9485-5
定　　价　62.00 元

目 录

哲学教授

她叫李琳。她来之前，这一圈草原上的中年人，不论男女没有一个戴眼镜的。刚来时她白得可爱，说话很特别，一言一行都有城里人的那种腔腔调调。但过了三周，她就变了，晒成和我们本地人一样的肤色，行为举止也变得莽撞。更重要的是，她还成了我继母。这件事叫我收回了对她的好感，我觉得她心怀不轨，来干一些不可告人的勾当。

她和父亲结婚那天，正好是我的十八岁生日，这没什么大不了的。那天我穿着一件老式的棕色卡其外套，两个袖口乌黑发亮，肘部磨损严重，还穿着一条很久都没洗的牛仔裤，一副寒酸相。我在衣柜里翻找了两遍，挑出来两套看得过去的衣服，其中一套是浅灰色定制西服，样式新颖，是我最贵的衣服，但我没穿。我觉得我的心情不配穿这套衣服。我的头发也因为几天没有打理而乱蓬蓬的。比起潦草的外表，我的内心燃烧着一团火苗，需要一整个海洋的水才能浇灭。我知道她扮演的并不是一个母亲的角色这么简单，她还占据了更多的东西。但她刚来时说什么？“我来挖掘你们这个部落的历史，顺便找一个人。”

“什么人？”当时父亲离她很近，他们的脸几乎要挨在一起了，“我们部落怎么了？”

“有人委托我写一本关于你们部落的简史，或者说是部落志吧。”她没有后退，顽固地盯着侵略意图过于明显的父亲。她的胸部高耸，但相较于越靠越近的父亲，她的胸更具侵略性。她其实很漂亮！

父亲最终没有碰到她的胸。那天父亲宿醉未醒，但他知道自己在干什么。“谁让你来的？”

“他说要是有人问起，就说他是部落里的人，姓李。”

父亲若有所思：“原来你是老县长的女儿。”

“我这次代表我自己来，或者代表我的母亲。”

“既然这样，你需要我的帮助，没有比我更合适的人了。”

“这也是我来找你的原因，而且是他让我来找你的，我有很多问题要问你。”

“你住在哪里？”

“我没地方住。”

“既然这样，你就住我家吧！”父亲没有让她失望。

我不知道父亲这样说的时候是不是已有预感：这个女人将会成为他的妻子。或许从看见她的第一眼起，他就已经起了这个心思。他在异性面前永远充满自信和傲气。我记得以前我们还在用牦牛作为转场的交通工具的时候，有一年从夏季营地出山，转往一望无际的秋季草场的途中，他和少年时期的玩伴邂逅于著名的大盐滩。十八年没有相见令他们唏嘘不已，伤感与无奈交织在相逢的喜悦中。时间易逝，岁月无情，一转眼他们都年过半百，牧人特有的苍老他们谁也没有落下。那是一个下着绵绵淫雨的下午，九月的雨季如约而至，从祁连山吹来的风抵达这片草原后摇身一变，阴寒入骨，我们都从马鞍上取下氆氇穿上，至少氆氇在被雨水浸透、变得如钢铁般沉重之前还能够抵御寒冷。他们一边走一边诉说各自的生活，打听那些同样少有音讯的伙伴们的讯息。说到高兴处，他们举起酒瓶，碰饮欢庆。就是那次，父亲重提陈年旧事，说只要他看上的女人，无不一一得手。而他的朋友也带着既羡慕又愤懑的语气承认，在这方面，身材高大长相不俗又有口才的父亲，占有得天独厚的优势。但他的成功不仅让他们的少年心蒙受羞辱，也使得父亲无形中树立众敌，毕竟，哪个少年不争风吃醋？父亲为了女人没少吃苦头。

虽然当年的光耀没有办法在今天给他提供能量，他老化的容貌也无法再展现出中年男人的魅力，但他一颗争强好胜之心依然蠢蠢欲动。正好，他古井不波的生活因为她的到来而结束了。他们相识三天，就已经像一对相濡以沫多年的夫妻一样相处得自在而幸福。父亲已经不把母亲的去世当一回事情，这样挺好。至少没有人冷不丁地在我耳边说起母亲。我也不用总是觉得阴阳两隔是我人生中的一道分界线，可以按照人正常的活法活下去。

他们在结识的第十五天就结了婚。婚礼小巧但隆重，仪式举行得一丝不苟。秉持和父亲友谊万岁的感动，婚礼颂词人那吉祥的诗句喷涌而出。在那种幸福的气氛中，李琳和父亲彼此含情脉脉，仿佛相爱了一万年。令人惊讶的是，她这么大个人了居然是第一次结婚，感动得又哭又笑，一点也没控制住情绪，真够可以的。

她冷静下来后，已经对家里所有物品的位置了然于胸。她做的饭非常好吃，我觉得是我们这里的女人所能达到的最高水平了。她第一次以我继母的身份给我们父子做饭的那晚，餐桌上放着一本书：《哲学的存在形式》。

“这是我写的书。”她说，“我是一个哲学教授，当然，现在辞职了，但我觉得自己依然是一个教授，因为以后有机会我还是想去教书。”

我很吃惊地看着她，然后看向父亲。从他的表情里，我判断出他也不知情。

“哲学教授？”他皱着额头，“哪里的教授？你从来没说过。”

“银川大学。以前我不说有不说的理由，但现在我们成了一家人，我就有说出来的必要了。还有一些其他的事情，你要是想知道，我以后慢慢说给你听。”她是对父亲说的。我在她眼中似乎可有可无，不足以让她顾忌。这种感觉她传递得很明白，我也接收得十分清楚，但奇怪的是我并不愤怒。我很好奇她哲学教授的身份，她看起来不像。我是说，对于哲学教授这个职业来说，她好像太漂亮了。我一直觉得，一个人太漂亮，就不适合做哲学教授了。她写的那本书，我倒是很想读一读，但那晚给我们看了一眼之后她便收回了。父亲是没有能力去读那样一本著作的，她也没有问我是否愿意读一读。她不说，我当然不会主动去索求。

不过事情总有转机。

一天下午，我从县城回来，因为一宿没睡特别困顿。我正要睡觉时，她走进来了。

“你的房间很干净，我好几次想帮你收拾收拾，但没有下手的地方。”她说。

“房间一脏，我就难受得睡不着。”

“真是一个好习惯，你母亲应该是一个爱干净的人。”

“就是她培养了我。”

“这本书，”她抬起手说，“如果你有兴趣，就翻翻看。”

我接过书问道：“你写了几年？”

“三年，断断续续，也算是我博士学位论文的延续。”

“博士？你到底是教授还是博士？”

“我是读完书留在学校当讲师的，然后才是教授。”

“这些我可不懂。我们父子都不懂。”其实我特别想知道她为什么会嫁给父亲，他们存在很大的差距。而且她肯定也意识到了这个问题，但还是像探险者一样义无反顾。她的目的是什么呢？我实在想不通。

“为什么你房间的垃圾桶里从来没有垃圾？”

这真是一个有趣的问题，我想了想，也觉得不可思议：“因为我没有垃圾。”

“你的生活没有垃圾？这点可与你父亲相反得厉害。”她笑笑，然后说：“但这不可能的，每个人都会有垃圾，因为生活的一部分，或者说很大一部分就是垃圾。”

“可能我把那很大一部分清除出我的生活了吧。”我大言不惭地说。

“那你岂不成了无欲无求的圣人？”

我无言以对。

“我觉得你把那些不好的东西都装在了心里，而不是倒在外面，这可不好。你应该学你父亲，他在这方面做得特别好，给自己留一个干净的身体才是明智的。”

“那你呢？”

“我也做不到你父亲那样，但我做得比你好。”

“我想不出我有什么垃圾需要从身体里面清除出去。而且，你说得很哲学，我有些听不懂。”

她离开房间后，我翻看她的书，反复研究她说这些话的意图。我本来要睡觉的，却捧着这本书读了一个昼夜。读完后我感觉好像走了特别遥远的路，累得昏睡过去，醒来发现读过的内容一点也没有记住，可又觉得它们在我的身体里形成了一股力量。

我将书还给她，她没问一句关于书的问题。我对她的观感并没有好转，除开父亲这个靠不住的因素，我有理由去防备一个突然出现的女人。但不可否认的是，她的确是一个勤于劳动的人，不但把家里收拾得干干净净，也把父亲收拾得很风光，并且，她也不耽搁自己的调查，她和父亲每星期会有两三天外出，去采访，收集资料，做笔记。她来时背着的那个棕色牛皮背包，现在到了父亲背上。我听说她因为有知识，说话既有礼貌又不失风趣，在部落里很受欢迎。她淘到很多珍贵的故事，有不少就连父亲也一无所知，托她的福，他才有幸听到。他有次跟我说起，部落的历史像戈壁的一口深井，越往下，出现的东西越是宝贵。她整理出来的材料已经在他们卧室里的小圆桌上垒起厚厚一沓。很多个清晨，午后，或者是晚饭后的几个小时，她会在小茶几上写作，用一支红色的钢笔写在A4打印纸上。她买了一盏能够充电的台灯，红色的，再加上卧室的沙发套和床套也都是红色的，当台灯亮起来的时候，他们的卧室就处于一种永远在结婚的氛围中。

她把家的里里外外都收拾得干净明亮。她的好评在村里逐渐传开，一些人见到我，由衷地说：你母亲真是一个很厉害的人！

从他们的语气中，我听出来一些发自肺腑的敬佩和畏惧，仿佛她的一言一行在众人中产生了震慑效应。她用学识和语言营造的气场时时刻刻提升着她的声望。在这一点上，父亲已经远远不如她，他虽然也很受人尊敬，但现在有了一个更厉害的老婆，把他压制得死死的。人们现在说起他来就是为了更好地说他老婆。不过他显得很得意，仿佛她是他调教出来的一样。他这副德行很可笑，让人觉得很卑贱，还有一种小人得志的荒唐。他为什么会这样？他原本不是一个庸俗的人。这男人的心思我越来越不懂了，自从她来了以后，他变得又傻又听话。

当她把部落里几乎所有的老人都采访完，她积累的材料就差不多有三尺厚了，她要把这些材料全部输入到电脑上。不出所料，她的电脑也是红色的。

有一天她叫住我，说："我想请你帮我个忙。"

我隐隐猜到了，看了眼那一摞材料。

"我可以付报酬。"她说。

"什么事？"

"你能不能帮我把这些材料输入到电脑上？我时间有些紧张，因为我还要去其他部落采访，以印证咱们部落的一些事情，还有那些离开部落的人……"

"我也不一定有时间。"我盯着那一摞写满了字的纸，无形中感受到某种信号。

“我不会亏待你，而且，这是咱们自己部落的事情，通过这些材料，我保证，你会发现一部你并不了解的部落历史。”

“我对部落的历史没有多少兴趣。”我撒了一个谎，其实我很有兴趣，但我不想被她使唤。

“我有一个核桃木的高级音响，体积有马头那么大，音质特别好，很贵的那种。我这次回去带来，送给你。算是我的一点心意，这不算在报酬内。”

“好吧。”我说，“但我很久没有打字了。”

“熟悉熟悉就好了，你有电脑吧？”

她对材料做了简单排序，但她的笔记很凌乱，而且字迹大得离谱。我数了数，一页纸她只写了八九十个字就已经满满当当了，所以一个二百页的笔记本上并没多少字，这让我松了一口气。我抱着一摞笔记本和稿纸回到房间，按照顺序打开第一个笔记本，读起来。这些笔记很零散，对话、感悟、猜测、批评、对人和物的细致描写等混杂在一起。其中有几个大段落记录的是华尔丹老人家里的家具、房屋状态以及室外的各种杂乱东西。她用几百个字描述了华尔丹的孙子将切的一匹枣红色纯种马，还有和将切的一段对话：

“这是你们的母马生的吗？”

“不是。我们的马是土马，生不出纯种马。”

“为什么要养纯种马呢？”

“它们比我们的马跑得快，比赛现在都是用纯种马，已经没有土马比赛了，土马怎么都跑不过。”

“那为什么不一直用这里的土马比赛呢？”

“因为别人的马不是土马。”

“所以你们也是被逼的是吗？”

“也不是，我们也喜欢那些大马，它们比我们自己的马好看。就好比外省的女人比这里的女人好看。”

“就好比外省的女人比这里的女人好看？”

“嗯，就是。外省的女人长得又白又好看，就好比那些马，长得又大又好看。”

“你的妻子是哪里人？”

“是上海头的人。”

“上海头？”

“海西州的。”

“那她长得好看吗？和外省的比起来。”

“你不是看见了吗？”

……

关于华尔丹老人的样貌和言行，反而并没有详细的记录，只见得着寥寥数语：他长得很坚韧，相信年轻的时候一定是一个十分硬朗的汉子。

对于他们家的摆设，她是这样描述的：

> 他们家里到处都有马，墙上的照片是马，柜子上的浮雕是马，一屋子七个摆件中有六匹马，各种颜色的，有一尊是唐三彩马，还有一尊是水晶马，只有一头红色的挂着很多细碎吊坠的大象，孤零零地站在马群中。更多的是马的相片，我随便数了数，有三十多张。

第三十七页上有一句话让我很有兴趣："回来的时候，我骑在摩托车的后座上，缩着头，他的手突然伸过来，一遍又一遍地摸我的大腿。"

我差点笑出声来，不知道她是不是忘了笔记本上还有这样一句话？或者她根本不在乎？而我纠结的是要不要把这句话原封不动地输入电脑。

一连很多天，我所有空余的时间都花在这些采访稿上面。我也因此获得了很多有关部落的秘密，比如，如今还活着的那些受人尊敬的老人们，在四十年前干过的荒唐事让我万分震惊。看看他们都做了什么——

> "我们眼睁睁地看着她被强奸，但谁也没有劝阻，没有人觉

得不合适。”

“为什么？没有人觉得不合适是什么意思？”

“我们好像都觉得，这也没什么大不了的，这种事情并不是第一次发生。”

“你是说以前发生过？”

“虽然我没见过（我想他们也没见过），但听说过。”

“你们没有同样犯罪吗？”

“没有。”

“你怎么能肯定，你说了，你们喝酒喝得不知东西南北。”

“我们喝得再多也知道自己在干什么。”

“这已经无可考证了，因为没有证据。”

类似的采访有四个，也就是说有四个人目击或者参与了这件事。他们的回忆有些出入，除了受害者身份确定，其他地方都有分歧。这个受害者的名字用L来替代。一份几十年前的回忆不完整，这说得通，但其中一个叫龙丹多杰的老人有一句话很可疑：“我觉得我不该那样做，我一直很后悔，但她本人后来都不当一回事了，所以我也就放心了。”

这句话后面是李琳写的一段话：

我想进一步问出细节，但他不说了。我说你是伤害她的人之一吗？他说他没有伤害她。既然他没有伤害她，那这句话是什么意思？但无论我怎么努力，他再也不说一句话。

但我已经可以肯定，就是他们……

后面有很长一段文字，都被她划掉了。

我耐心地研究划掉的内容，但只能看出七八个分散的字，起不到串联内容的作用。这些对话，还有其他的各种回忆记录让我一时间难以接受，我把笔记本抖抖落落，翻来覆去，好像要确认这些文字的真实性和可靠性。这是一家之言，本身存有怀疑的性质，但我又想不出她在采访时编造这些谎言的动机。所以，我更加好奇李琳的身份了：她究竟有什么样的能力能够从那些老奸巨猾的家伙口中挖出他们一生中几乎最不光彩的丑闻？并且，这些丑闻或许会以书的形式出版流传、公之于众，他们为什么这样做？

因为长时间沉浸在这些有巨大想象空间的故事中，一遍又一遍地读这些手稿，我进入一种恍恍惚惚的状态。一个夜晚，在清醒和迷惘之间，我看见自己走向了他们的房间，那红到诡异的房间里，他们正襟危坐，仿佛在等我。我问出心中的疑惑：为什么你可以做到？

她背对父亲，面对我，说了很多我根本听不到的话。她的表情令我不安。

第二天，这画面依然清清楚楚地印刻在我脑子里，挥之不去。在吃早饭的时候，我观察着父亲，他如我昨晚看见的那样疲惫不堪，神情委顿。他默默无言地吃了她精心准备的早餐，起身准备出门采访事宜。他们走的地方越来越远了。

“你是怎么做到的？”我看着她，心里有了一个大概的猜测，从她的字里行间，我发现了一条线索。我端详着她。

过了好一会儿，她才抬起头。如果不是晒黑了的话，她算是我们这里最漂亮的女人了。

“因为我有他们不得不说的理由。”

“对于他们而言，其实根本不存在这样的理由。”

“有的。”

“这些事一旦公之于众，会有什么后果，你知道吗？”

“仅仅是一个几平方公里的震动而已。”

“可我们这些部落人内心的波澜将永不平息，影响的终究是后面的人。”

“我不负责后面的事情。”

“那是谁在负责？你受雇于谁？你采访的这些，犹如一颗炸弹。”

“你输入完了？”

“我很后悔知道了这些事。”

“可是，你难道不觉得自己也应该承担其中的一部分吗？”

“一代人就该有一代人的终结，这些历史，不该是传承的一部分。”

“保留真相没有错。”

“你有没有想过，所谓的真相，其实也是谎言的一部分，而且是最精彩的一部分。”

“那天我从南太老人家里出来，看见他家眼前阔达而清的湖面，感到一种拖拽感，仿佛有什么东西在湖里呼唤着我。南太老人说，那是世世代代在湖中安息的生灵发出的诱惑。你觉得这是什么？是真相中的谎言，还是谎言中仅有的真相？”

父亲进来了。在父亲擦拭靴子之际，李琳拿来了背包。如果下午的风太大，他们今天就要住在哈勒景那边了，父亲不会在恶劣的天气中逞能，他怕摩托车被卷入大货车轮下。

她跟在父亲的身后走出房间，掀开门帘时，她回过头来，讥诮地说：“犯过的罪孽，不会因为时间而抹去。难道你不觉得，他们犯下的罪，应该由他们来承担吗？”

“到了这个地步，他们为什么告诉你？”

“因为他们也不愿意带着罪恶离开，如果他们想忏悔，他们可以对我忏悔。面对我，他们便是在面对悔恨，他们不得不坦白。”

“原来如此，这材料中的那个女人，是你母亲，对吗？”

她笑了笑，挥手离开。

风已经刮起来了，带着干燥苦涩的味道。天空被吹得干干净净，一碧如洗。父亲拉开摩托车风门，启动了摩托车预热。在这两三分钟里，父亲检查了轮胎和刹车，顺便瞪了李琳一眼。看来父亲也知道内情，只有我不知道。不过我相信自己的判断，我不用再去追问，不用再去读一遍她的手稿，我脑子里存下来的东西组装成了一幅残缺不全但有迹可循的图景，我从这幅图里看到了她的动机，看到了过去那些岁月里的一些模糊影像……看到了她怀着一份倔强的信念从城市来到枯寂的牧区。她当然可以做想做的事，我没有理由阻止她。

我已经将所有笔记本上的文字都输入到了电脑中。62 489字。我知道这些文字正在形成一种正义的力量，而我无意中也将成为其中的一部分。

那台桃木色的音响已经摆在我的床头柜上，几乎从到来的第一天起，它的声音就一天也没有间断过，有时甚至通宵达旦。在梦里，在早晨我醒来之际，都能听到它纯粹饱满的声音，好像在告诉我一些我必须承担的故事。

找信号

玛曲吉仁从县城返回的那天晚上，民兵班长那日森在民兵微信群里面通知：明天早上，民兵集合去找人。要找的这人叫大成，是民兵更登加措的父亲，因为和妻子吵架，又被儿子打了耳光，他羞愤欲绝，借酒消愁了一个星期，失踪了。他的小汽车停在乡里的信用联社门口，最后一次有人在乡政府东南莲花湖方向的沙土路上见过他，所以他有可能进入沙窝了。当时他身穿黑色廉价人造皮衣，一条牛仔裤，头戴一顶儿子戴过的深蓝色棒球帽，脚上是黑色旅游鞋。在他失踪之前，他给儿子发了二十几条微信语音，但除了前面三四条，余者含糊不清，仿佛那时他已经陷入谵妄，胡言乱语。前面几条语音里，最重要的信息是他交代的财务状况。他有五十万的高利贷在三个村的五个人手里，他说了这些人的名字，但他没说利息是多少。他欠银行二十万贷款。早就有传言，大成拿银行的钱放高利贷，确实如此。

莲花湖在沙漠边缘，是一块湿地，天鹅和其他鸟儿的天堂。

民兵们在硬化路的尽头聚集。要找一个很有可能已经死去的人，民兵们很有兴趣，快乐地分配了行动任务。十个人，十辆越野摩托车，好像要进行一场越野摩托车拉力赛。他们首先要进入沙窝，这里是尕海片区，重点搜寻“三个沙山”一带和铁路沿途的各个桥洞，由熟悉这里地形的巴耶日带领六个民兵前去搜寻。而与“三个沙山”平行排列的“三个绿洲”一带，则有那日森、玛曲吉仁、更登加措以及一个叫格东的少年四人前往寻找。那片地区相比“三个沙山”要小一些，那日森也很熟悉那里，因为他每年都会有两个月时间偷偷在那里游牧。他背着食物和被穴，跟随羊群在“三个绿洲”之间游牧。他狡猾得很，人人都知道他偷吃沙窝绿洲，却从来没有人逮住过他。他否认时理直气壮，说你们只是怀疑，而怀疑不是证据。

在如此广阔的地区寻找一个消失多日、可能已经沦为野兽饱腹之物的小个子男人，无异于大海捞针。但这是一种态度、一种志愿和心意。更登加措说，虽然我们十个人进入沙漠，就好像十个羊粪蛋蛋洒进大草山里，但我还是真谢谢你们！

这件事在他看来好像自欺欺人，事实也的确如此——现在的生活状态不就是这样吗？但这样的行动又让他觉得很有意思，他父亲可能死了，他好像是最开心的人。玛曲吉仁认为，也许悲痛也能使人释放快意，毕竟这两者像孪生子，出于同一个地方。

分工后，六人大队离开了，剩下的三人等那个少年。玛曲吉仁将昨天去镇上时发生在车上的谈话描述了一遍。

玛曲吉仁有一套手艺：编织马具，技艺堪称一绝。他出手的马笼头、缰绳、肚带、鞍袭等无不是精品。他将这些东西放到镇上的民族手工艺产品专卖店里买，只要他稳定出产，每个都带来一笔固定的收入，为此他很踏实。他牢记一句俗语：一技在手，吃穿不愁。

昨天，专卖店主民华打电话：有一个人订了一套马具，你下来，我们详谈。

玛曲吉仁骑着摩托车到公路边，在天然的停车场停好车，把车钥匙压在一块石头底下，然后走上213号国道，等候一班小客车。候车时他脑子里一直思考着创新的问题。事实上，玛曲吉仁从来不缺乏创造力，他一直觉得自己做得不错，时常有一些新的元素加入，他认为自己不是匠人，而是一位艺术家。但这里的人，这牧区，艺术的行为虽然有，却没有艺术家的位置。艺术家就是牧人或者一个酒鬼。玛曲吉仁不喝酒，得益于身体的反抗，他三十年来一直清醒着，或者说是孤独地醒着，牧人眼中的糊涂人。他坚持创作，把内心经营得充实自然，但这还不够，他需要更加细微的雕琢，局部的、细节的、感官的和精神的。而且人们喜好的变化很有被分析的必要，也很有意思。女性和男性的区别在马和马具这里分歧巨大，令人惊叹。他曾强调一个男人和马的牢固而天然的关系，而将女性和马的关系比喻成猫和老鼠。这些话肯定无形中惹恼了一些女性，尤其是信息灵通的年轻女性，因为好几个他愿意相处的年轻女性都责问他这话究竟是什么意思：猫和老鼠，你是暗示我们女人就是男人的老鼠吗？但他是一个自命不凡的人，在没有遇到重大变故之前他维护自己的观点，他没有觉得这么说是瞧不起女性，而是很认真地认为，女性和马，真的存在一种无形的壁障，马天然拒绝女人的屁股，这是事实。

马具这一行的局限性控制着他。如同套牢了马笼头，有一条看似松懈实则结实的缰绳拴住他。想要突破，难！对此他倒是不怕，反而被激发出创作欲望。他进入实验阶段，又从具有想象力的牧人那里汲取点子，比如这次他要去见的那个客户提出来的点子让他大受启发。这人居然想要把马辔子做成汽车的模样，而且这个“汽车”还要有银质的车标，车标他也设计好了，是一匹马奔跑的姿态。这一套马辔子上了马头，在视觉上会让马平白长了一截，就好像人戴了一顶帽子，身高都不一样了。他觉得自己依然太过于保守，为什么马具就不能是惊世骇俗的，不能是颠覆常识的？甚至不能是疯狂的？而玛曲吉仁已经意识到，如果想要达到另外一种境界，他必须催眠自己，折磨自己，忘掉过去的模式和经验，忘掉马笼头、马镫、肚带，忘掉马鞍，忘掉马。

他招手拦下一辆黑色小轿车。小客车晚点半个小时也没来，等于告知今日停运。小轿车停在他跟前，他没看见车牌号，但汽车的样子告诉了他这是谁。只有开黑车拉客的东珠加木措才有胆子将“穆勒——西海”的牌子竖在前挡风玻璃内，堂而皇之地来回奔驰在公路上，如入无人之境。东珠加木措没有驾照，汽车也没有任何相关证件，但他一次也没有被抓住过，仿佛他和这辆破旧的黑色卡罗拉是一对幽灵。东珠加木措放下车窗跟玛曲吉仁打招呼，然后下车，很有经验地安排后排的坐法。因为后座已经坐了三个人，玛曲吉仁加进去，就必须挤出一个位置来。两个人的屁股和身子都要往前挪一挪，其中一个小姑娘坐得很轻松，另一个老一点的女人有些不高兴，说既然坐满了为什么还要拉人。“因为我们是朋友。”东珠加木措说，“你看看你的行李，那么多那么沉我一分钱没要。”女人再没有说话。玛曲吉仁成功挤了进去，紧紧收屈双腿。他和小姑娘挤在一起，他闻到了胭脂味，很好闻，他迅速看了小姑娘一眼，她长得一般，最显眼的是额头异乎寻常地宽阔，完全不像一个女性的面额。他心里热乎乎的，仿佛爱上这片面部，这使他感到吃惊，不好意思再去看她。但哪怕只一瞬间的观察，他也从她宽阔、坚毅的眉间分析出这是一个性格硬朗的女孩。她体态放松地坐在他旁边，眼睛自然而又犀利地盯着东珠加木措放在挡杆上的手，或者是他手下的挡杆上，当他有换挡的动作，她的身子会微不可察地产生变化。

东珠加木措开始和副驾驶的女人聊天，她很能说。他们在说最近闹得沸沸扬扬的杀人事件，那个杀妻逃走的男人，一个月过去毫无音讯。死者家属请过卦，说他就在附近，大概在北方，和另一个男人在一起。北方很大，茫茫草原，一个人就跟一棵小草那样渺小。

但凶手自己出现了，就出现在坐在小姑娘另一边的藏民家的羊棚里面。前排女人费力扭过身看着这个男人，于是他开始说了：我本来还在秋窝子，来冬窝子看看房子漏水了没有，因为前两天的那场雨阵势大得很，我怕房子里进水了。但是我来了后感到不对，刚从羊棚门口过去，里面“唔”的飞出一大群苍蝇，一片黑盖盖。“唔”的又进去了一群。我还以为是一匹马或者一头牛死在里面了，我想反正不是羊，要是羊的话不会有这么多苍蝇，我进去后，把那一层一层的苍蝇看成牛皮了，往前走了几步，好像没对着，详细一看，吓得头皮麻掉了，好像头跌下来了。那个人，一身黑皮夹克都被晒烂了，脸肿的像气球一样……大腿只有一层皮，像个空皮袋……

副驾驶的女人“哎呀”一声，好像吓坏了。

“你害怕啥，你又没看见，那些见过的人都吓坏了，只有一个协警啥事没有，我猜他大概见过更吓人的东西。”东珠加木措说，“死得冤枉又可怜，那个女人真他妈对不起他，几次三番搞事情，没有一个男人会装作不知道。”

“哎呀，话不胡说，世界上的罪过多了去了，男女的这事也多了去了，要是不知道法律，没有良心，我们怎么活下去？他要是对自己的妻子好一点，不要动不动就打，至于到这个地步吗？说来说去，还是男人的错。”

“你又没有亲眼看见，就不必这样说了，再说了，你觉得给自己的男人戴绿帽子没有错？你这样想的？那你自己怎么说？而且，任何借口都不是养野男人的理由，用自己男人辛辛苦苦挣回来的钱养野男人，你觉得这没错？你是这样想的？”

女人很聪明，避重就轻地回击：“哎哟，你也没有亲眼看见就不要胡说，事情的真相我们谁也不知道，家里的事是一两句话能说清的？一个巴掌拍不出个响声，我们就是遗憾一下。”

“我可没胡说，公安局的记录我看见了，就是这么回事。”

玛曲吉仁对这件事也有所耳闻，但传言太多难以分辨，不知道哪种说法是真的。这让他想起大成，一个同样消失了的男人。“我们那也有一个人失踪了很长时间。”他说。

东珠加木措说：“大成也是一个可怜男人。男人活得都不好啊！”

“他说不定过几天就回家了。”玛曲吉仁说。

“但他到现在都找不到。”东珠加木措换了一次挡。前面一连串大货车车速慢，马家垭口的上坡本来就陡，他不敢超车，嘴上却不留德，咒骂货车司机。他从后视镜里看着玛曲吉仁。“你们应该去找找，他是你们的人。”

“我们肯定会去找的。”

“那就好，公安局的人太少了，他们应该组织群众，人多了才有用。”

“算卦的说两个人在北方，是不是说的就是他们两个？他们两个在一起？”

“我看不用理会，卦嘛，算准了是卦，算不准是话，不必当真。公安局的说这些天他的身份证没有用过，他没有住过旅馆，没有任何刷身份证的记录。”东珠加木措甚为惋惜，“若不是没有身份证的记录，找到他分分钟的事情。”

“那他去了哪里呢？”

“所以他去的就是没有人的地方，可我们这里，到处都没有人。没有人的地方就有其他的东西，我觉得他已经很危险了，他真的死了吗？你们有多少人？”

最后等来的少年吊儿郎当。那日森提醒他看见了可疑的东西要小心一些，心里没有做好准备就不要好奇去看。少年说，我倒是非看不可，我很想看看死人是什么样子，难道死了后就不像人了吗？那日森瞥一眼什么话都不说的更登加措，笑笑说，当然，这没什么，你这一辈子总会遇到死人的，只要你准备好了。但你要是一辈子都遇不到死人，那你的命是真的好。

少年说，也许你说得有道理，我不一定要亲眼看到，我远远看一眼也是一样的。我想了想，死了的人和死了的牛大概是不一样的。那日森说，我没说不让你看。少年说，可我确实不想看到了。那日森说，那也不行的，我们今天的目的就是找一个或许已经死去的人，如果你运气不好，你可能会一头撞上去，看得明明白白清清楚楚，所以我说如果你运气好就不会遇到死人，我们谁也不愿意碰上，对吧？

少年和那日森吵起来了。那日森遇到一个很会吵架而且很狂傲的对手，少年是初生牛犊不怕虎。那日森很生气，这让他很没有面子，可他又不能把少年怎么样。少年也知道这一点，所以他有恃无恐，越说越有理，他很成功地将自己从这个搜寻小队里摘了出去，然后潇洒地骑车离去，他们谁也没有挽留。

“我早知道他没用，但我没想到他连进去的勇气都没有。”那日森转而问玛曲吉仁，“难道这就是现在的年轻人？”

“如果我也算是年轻人的话，那还是应该分开对待的。”

“我知道你是一个好青年，我只是不敢相信有人是这样的。身处险境才能看出一个人的本事，而本事大小是关乎一辈子的事情。”

玛曲吉仁很认同地点点头：“我没有问题，你可以前面带路。”

“我当然知道你没有问题，因为有问题的或者没来或者已经走了，留下来的都没有问题，都是有勇气的青年。”他看着更登加措，“希望你不要在意刚才我们说的话，我们的本意是好的。”

更登加措说："我有的全部是感谢，你们不要管我，就当我是一般的人。"

那日森点点头："事情发生了就解决事情，其他的都乱七八糟不重要，等事情全部结束了，我们约上，去好好喝一顿酒。"

"我不会喝酒。"玛曲吉仁说。

"你这人没意思，喝喝酒又不会死。男人到一定时候就必须把酒喝起来，难道你一辈子都不喝酒？男人一旦出门，或者哪怕就是坐在家里，家里来客人了也要喝喝酒的，因为客人要喝你也得喝。"

"是啊，我父亲就是那么做的，他十天里有八天在喝酒，还有一天在难受。"

"还有一天呢？"更登加措好奇地问。

"还有一天在去喝酒的路上。"他带着肯定的语气说，"关于我父亲的事，你们一定听说过。"

"有所耳闻，但传言我们也不会全信，我只是觉得你父亲喝酒出了事这是真的。"

"事情就是这样一个事情，难道还有别的说法吗？"

"也许有吧，我说了，传言不可信。"

"我不知道还有别的说法，但仔细一想又很正常。"

"不是别的说法，只是加上去一些别的东西。"

"什么东西？"

“我觉得你还是不知道的好。”

“作为儿子，我想我应该知道。”

“没错，但我不会说的。”那日森说。

远远看见一团黑乎乎的东西，在一蓬骆驼刺旁边，有一半被骆驼刺挡住了。只看了一眼，玛曲吉仁立刻停下车，等待那日森和更登加措。那日森的摩托车出了问题，一路上抛锚好几次，他的脾气上来了，阴沉着脸胡乱猜测原因，但这解决不了问题。他们并排停在沙丘坡上，胯下夹着摩托车，引擎没有熄火，双脚撑着沙地。他们高度重视那团可疑的东西。

“其实这和找牛没有区别，我们应该带上望远镜。”那日森说，“不过我看那东西怎么都不像，你说呢？”他看着更登加措。

“我们要过去吗？”更登加措说，“我不过去。”

“再看一会儿，我们光顾着往前走，你四下里检查了吗？我没看。”

“我看了。”玛曲吉仁说，“但肯定没有仔细看。”

“我们深入沙地差不多了，不知道他们到了哪里。”

“我打电话问问。”

玛曲吉仁拿出手机看了看：“手机没有信号。”

“这儿当然不会有信号，但有的沙山头上会有一点。”

“那儿高，我们去试试。”

“你留在这里。”那日森对更登加措说，“我们过去，然后我俩可能靠近去看看，你留在这里？”

“反正我不过去。”

其实他们没走多远，另一个更高的沙山在几百米外，也不陡，他们的摩托车冲了上去，但更高的沙山那也没有信号。他们从更高的沙山上看那团东西，虽然远了一些，但它更加可疑了。他们还是先要找到信号，另一组人可能也在给他们打电话。那日森支好车，高高举着自己的手机，移动着位置找信号。

“你说那个到底是不是？”他换一只手举着手机，盯着那边皱眉。

“看形状不像，我看是牛。”

“更登加措都吓坏了，你看见他的脸了吗？”

“那也不能怪他，他到时候还是要接近他父亲的。”

“那就应该带着他。”

“让他缓一缓，我都不忍心了。”

他们没有骑车，朝着有那东西的沙山走去。走到一半的距离，他们都确定这是一具尸体，但不是人，应该是牛的尸体。他们步伐变得轻松，靠上前去，但很快捂着嘴鼻跑开。尸体已经彻底腐烂，支离破碎，恶臭冲天。他们脸色煞白地远远站着，不敢再朝那边看一眼。他们不明白，为什么他和牛的尸体搅和在一起了？而且身上那么多蛆……他都烂掉了，只剩下半张脸……

现在他们必须打电话。他们返回去骑车，向最近最高的沙山疾驰而去。在沙山半山腰，摩托车走不了的地方，玛曲吉仁停下来，再次等那日森。他用这点时间平复情绪，不想让那日森看出他的恐惧，他觉得自己其实早就发现了，却选择不相信自己，果断否定自己。因为他也觉得那日森说的有道理，要是他觉得一定是，或许会变得不是了。而且他要是一直准备好，警惕着或许会好一点。但那一具牛的尸体将那点警觉和应付的决心卸得干干净净，然后在他心情处于一种松弛懒散的状态时突然一击。效果完美！他和那个少年其实没有一点区别，少年预知到了，退出了。而他高估了自己，也小看了一具尸体的威力。他有些尿急，但发现自己不能从车上下来了。

那日森来了后也没下车，仰头望沙山顶，若有所思："这上面大概有信号吧。"过一会儿，他从车上下来，咳嗽几声，以一种要开始长途跋涉的小心翼翼的步伐朝山上走。玛曲吉仁突然意识到他们忽略了一件事，他问那日森："你看清楚了吗?"

那日森喘着粗气，一言不发。

"你肯定是他吗？他穿的好像是皮夹克。"

"我们要先给派出所打个电话，让他们过来。"那日森说。他们都很疲惫，奋力爬到沙山顶。那日森发现了一格信号，但马上又没有了。他使劲甩手机，不断换地方。

"是119还是110？我忘了。"

"110——我想起来了，打报警打话不需要信号，直接打就可以了。”

“啊哈。”那日森放下手，面红耳赤，“我什么时候愚蠢到连报警都不会了？好得很，好得很，这么蠢的人，遇到危险死定了。”

电话成功打通了。那日森说了情况。那边要求他们原地等候，还问了具体位置。“三个沙山。”那日森说。

“那是什么地方？”那边继续问。

“三个绿洲旁边。”那日森补充道，“尕海边的三个沙山。”

“他们能找到吗？”挂了电话，他问玛曲吉仁。

“你打的是我们县的110吗？”

“我不知道，110分地区吗？”

“我刚才说清楚了吗？”过了一会儿，那日森坐下来，开始怀疑自己。

“说得很清楚，三个绿洲旁边的三个沙山。”

“尕海边的三个沙山。”他再次补充。

“对，说得很清楚。”

“他好像问什么多少公里。”

“我们怎么知道，这里是省道。”

“这个我没说。”

“他们会知道的。”

大概有半个小时，他们都觉得特别无聊，这种感觉超出一般的理解和感受。他们也不说话，因为即使说再多的话也无济于事，那些废话会更加凸显无聊的威力。那日森看了几次玛曲吉仁，想警告他不要说话，但玛曲吉仁更合适沉默，他甚至好像忘记了身边还有一个人，好像是他一个人在某个地方，那里不是沙漠，也没有太阳和死人的尸体。因为他的表情很幸福，面部的肌肉松弛却不难看，眼睛看的是穿透物体的空虚。那日森嫉妒了，于是他说："我们应该再试试，应该把他们叫回来。"

玛曲吉仁说："好啊。"然后，他们发现沙漠平地上的异象。看了一会儿。

"他们在赛车。"那日森说。

"第一个是谁？技术真好。"

"我们招手吗？"

"他们看不见的。"但那日森还是站起来，脱了上衣挥舞。

那一行七辆摩托车，在相对矮小平坦的沙丘中扬起沙子，朝西面疾驰，很快不见踪迹。那日森把衣服摔在沙地上。

"他们这么做，就相当于扇更登加措的耳光。"他说，"我们走。"

"去哪里？"

"到公路上去。"

"更登加措还在那边呢。"

"难道他不应该守着他的父亲吗？"

四十分钟后，他们从沙漠出来，到了公路上。这里信号很好，但玛曲吉仁拨了几个号码都没有打通。他只好发信息，等他们的手机有信号了就会收到的。

“你知道他们去的是什么地方吗?”

“什么地方?”

“他们进去太深入了，那里很少有人进去，我敢肯定他们一个也没有进去过，他们没有在那里的经验，有可能迷路出不来。”

“他们可以跟着摩托的轱辘痕迹出来。”

那日森摇头，却不说什么。他们不停地看公路尽头，一辆车也不来。他们站在燥热难耐的公路上，尽量缩小自己的身体。最强烈的阳光处于行动最慢的时候，他们尽量背对着太阳，焦急等待。这么一大块时间在煎熬着他们，他们俩像两块酥油，正慢慢融化在大地之锅中。

和一头牛共进晚餐

说那顿晚餐，要先说风力发电机，所有的事情都是从风力发电机开始的。不过说到这件事，我挺自豪的。

我朋友尼玛，年纪轻轻，梳着一个油亮的大背头，一只耳朵戴着金耳环，另一只耳朵戴着银耳环。因为过年，他特意买了两个耳环。这件事他解释过了。眼下他来拜年，刚从巴音家出来，他喝了很多酒，出来后在风中打熬了一会儿，犯起了迷糊。

“你说什么？”他大着舌头问。

“去年比这晚一些的时候，我请一头牛吃了一顿晚餐，感谢它的救命之恩。”

他歪头红眼地看着我。我起身给他添了一碗热茶，不着痕迹地将酒盅移开。“你要是有兴趣，我给你讲讲。”

“讲讲。你说什么？一头牛？”

“我请牛吃了一顿饭。”

他前倾的身子往后一靠，哈哈大笑起来。

“你听不听?”

他咧咧嘴，笨拙地端起茶碗喝茶，然后又咕叽笑了一下。

如果可以，我才不愿意给一个醉汉讲什么故事，但他开车来的，车的前脸已经碰掉一片。他说拐弯的时候撞在水泥杆子上了。“等明天我找个地方，找个水泥杆子再轻轻地撞一下，然后给保险公司打电话。我是全险。”他一脸得意地说，好像干了什么了不得的事情。

“你讲吧!”他说。

“这做人的道理，我活着活着才算明白，才懂。道理可不是讲出来的，也不是生出来的，道理是一个人实实在在活出来的。这是我决定请那头牛吃饭时才想明白的道理。”

“那是头什么样的牛?”尼玛好奇地问。

“是一头很普通的牛。一头母牛。”

“那它怎么救了你?”

“听我从头讲，好不好?”

“你讲，反正我也走不动了。”他无所谓地往沙发一靠，放松了自己。

“那天我开着车去了乡里。在这前一天，我刚从夏牧场搬下来，家里的炉筒一个夏天就烂得用不成了，我到乡里买了三节铁皮炉筒，在大同饭馆里吃了碗炮仗面；在马全商店里充了话费，出来后碰上了荣彩霞和她上大学的妹妹荣美霞。我上前去打招呼，想瞅瞅她妹妹的模样，但荣美霞把脸捂得严严实实，除了一双眼睛啥也看不到。她的眼睛倒是很有看头，但她极力躲闪，好像我是一场灾难。我挖苦了两句，然后心里很不痛快地回家了。大中午的日头毒辣，吹进车里来的风带着干土的热浪，到了岔路口，路边有个女孩要搭车，我心里痒了一下，想捎上她，但还是算了，我又不去镇上。加油站那里，有一群牛走在公路上。慢慢地走着，摁喇叭屁用没有，我挂上一挡慢慢跟着。这群牛的牛穗子是用红黄蓝三种尼龙绳做的，我绞尽脑汁也没认出是谁家的牛。我拐到加油站找龙知布。

"'这牛群是谁的？'我说。

"'我哪知道。'龙知布说。他站在靠近路边的墙角抽烟，鬼鬼祟祟，一脸怨气。

"'最近怎么样？'

"'我他妈实在不想干了。'他说，'一天都不让休息，谁他妈受得了？'

"'你真不想干了？'

"'干完这星期我就走人。'

"'那你还得跟村长说一声。'

"'我已经说了，他居然还不高兴，说早知道你这样我们就把这份工作给别人了。'

"'但确实是这么回事，眼红这个工作的人可不是一两个。'

“‘但我哪里知道是这种王八蛋工作，这不是一个可以长久干下去的工作。我想解释，但他说你别解释，现在没用，直接浪费了……你说我干得下去吗？’龙知布说，‘我觉得干不下去。我先走了，刚搬回来，事情多。’

“一批车轰开了一条道路，我跟在后面从牛群里穿过去。这群牛大概有两百头，有几头黄色的公牛。这不是我们村里的牛，我们村里没有人养黄色的公牛。”

“我觉得也不是。”尼玛说，“是热水村的牛，那个村的黄牛最多。”

“他们的牛来这里干吗？”

“谁知道。”

“总之，我回到家的时候还气得牙痒痒，所以看见我的一头母牛正在风力发电机那里用屁股摩擦电杆的时候，我一肚子气终于有了发泄的地方了。我从墙边摸上铁锹，绕到了它身后，它摩擦得正欢呢，丝毫没有察觉。于是我结结实实给了它一铁锹，铁锹的把子应声而断。母牛一怔，然后身子后倾，倒退几步，又撒腿前奔。但牛就是牛，犄角碰到杆子都不知道躲开一些，被套住了也还在跑，被我硬生生拽回来。它的蠢劲那个杆子哪里受得住，杆子吱吱惨叫着，应声而断。我一看要坏事，但反应过来已经晚了。我明明躲开了，但杆子还是砸向我，我感到整个身子一沉，像是被谁往地上摁了一下，头脑中产生麻酥酥的战栗感，然后才感觉到疼痛。杆子压到了我的右腿，在膝盖上面，差一点点就砸碎膝盖骨了，我动了动左腿，它也麻酥酥的使不上力，但我试探出它好像没受太大伤害。”

“你老婆呢？”尼玛将酒盅拉回自己面前，自己倒了酒。他叫我喝一杯。

“不，不成，我等会要开车。”我说，“她去县城家里了。”

“我也在开车。”他说。

“你也少喝一点，开车还是不喝酒为好。”

“那办不到，你可以，但我办不到。”

“有时候，我也办不到。”

“有时候我就算可以不喝，我也不想那样。”他端起第二杯送到嘴边，若有所思地说，“我很不习惯听别人说这个说那个，因为我不需要别人来救我。”

“我们只能自救，同时就是在救别人。”

“这话说得明白。”尼玛说，“一旦懂得多了，就会表现到说话上，有的人把持不住，什么都要发表意见，但你不是，你就不会什么都说，你只会说应该说的。”

“所有的罪都在右腿上了，我无辜的腿已经变了形状，肿胀着，发热着，像一个散热器。罪魁祸首居然没离开，站在房子和发电机之间的空地上，惊恐地看着我。当初为了不让风力发电机风扇声音打扰，我特意选了这么个位置，离家远，不妨碍交通。

虽然为此多花了几十米的电线钱，但我心里还是很满意。不过，现在我才发现问题严重了。”

“我记得你的电杆子是在一个墙角处。”

“那里的风大，没有一天不发电，可是一旦出事……坏处就是根本看不到别的地方，我想叫人来帮忙，但看不见马路，我能看见的只有半个牛圈。”

“你打电话啊。”

“手机不在身上。”

“那糟糕透了。”

“汽车在路上跑的声音我听得清清楚楚，但就是看不见，我喊了很久，无济于事。”

“糟糕，你这是一劫啊。”

“我的腿被压得结结实实，一点都不能动。”

“那种大杆子可不轻。”

“所以啊，我可能傻傻地在那里躺了两小时。”

“一直没人来？”

“正需要的时候是不会有人来的。万恶的犄角旮旯。我能清清楚楚地听见房子前面的硬化路上每隔一会儿就驶过一辆汽车，有大车也有小车，但没有一辆拐个弯到我家来，也没有一辆车停下来。平时那些收牛皮羊皮瘦牛病羊的微型货车一个没有，叫天天不应叫地地不灵。从来没有这么惨的事发生在我身上。我一这么想，就开始反思起来，我最近干了什么坏事吗？我回忆了一遍，觉得这就是一件很普通的意外。

“我被自己逗乐了，火气被砸得消失了，或者是我想通了。我原谅了那牛。它本来走了，可又回来了。我朝它挥挥手，它就过来了。它过来的时候我想，这牛有意思，而且聪明得过分了。但我很快发现它不是来报复我的，它也没有第一时间救我。事实上，我都不知道它救我是真心实意还是无心之举。按照常理分析，它当然是无心之举，它应该是没有那个智慧的，但它的所作所为让我没办法这么想，我怎么都觉得它是明明白白目标明确来救我的。

“它做什么了？”尼玛这回在酒杯底下剩下了一点酒，他没喝光，这就说明他已经喝不下了，硬要喝是他的习惯，接下来的半个小时，最多一个小时，他就会不胜酒力，倒头睡着。

“它很果断地来到我跟前，我看着它，奇怪的是，它的眼睛里没有映出我的影子。它对电线杆子充满好奇，嗅了又嗅，好像在疑惑这么粗大而结实的东西怎么轻易断了。它应该没有怀疑自己的力量。我是说它的力量一直以来都是一种常态，所以它才没有怀疑。就像我们人一样，一件事情成为常态了，我们就很难去怀疑。它是详细观察完电线杆子后才看我的，这一回它看得更久更详细。它的鼻孔几乎触碰到了我的鼻子。它根本不怕我。它的眼睛那么大，这回我从里面看到我自己狼狈的身影，不知道为什么我居然高兴起来，痛苦也减轻了很多。我伸手摸摸它的鼻梁，那里像汽车发动机一样颤动着，但看是看不出来的，只有摸到了才能感觉到，那是它的呼吸引起的气流的波动，我好奇地感受着那种毛发和肉体特有的生命力，仿佛自己也有了力气。这时，它的一个前蹄踢到了电线杆子，传来的力量疼死我了，我喊了出来，声音当然很大，它后撤了一些，但没有离开的意思，它知道主动权在它手里。我开始骂了，骂它八辈祖宗。它又无辜地看着我，气息喷涌得更有力了，那气息里面夹带着野蛮的味道……”

“野蛮的味道？”

“对，就是那种只有动物才会有的味道。”

“家畜也算吗？”

“它们不是动物吗？”

茶太酽了，我添了另一个茶壶里面的开水，摇摇，给他重新倒了一碗，让他醒醒酒。茶是醒酒的好东西。一个人醉着的时候有热茶就不会觉得孤独，而酒会越喝越孤独。尼玛的孤独是会伤人的，他自己很怕莫名其妙的哭泣，有时喝酒到一定程度，他会愣住，然后问别人，你说我醉了会不会哭？别人答道，当然会，你什么时候没哭过？

尼玛的下巴很有特色，带着两块突出而坚硬的骨骼。他哭的时候，脸上是没有泪的，但你会觉得他是世界上最悲伤的人。他背负着一个巨大的整体悲剧，因为沉重，所以坚硬。

但在另外一些喝了酒的时刻，譬如现在，他的眉心展开，没有吃力的表情，他是幸福的。他对这个故事很感兴趣，猜测着结局："所以说，你最后面对面和它吃饭了？你们吃了什么呀？"

"听我说。我眼睁睁看着它踢电线杆，电线杆没动，它后退一段距离，凶猛地冲过来把电线杆撞飞……这过程就像爆炸，仿佛我的腿全部炸没了。但我没傻，我抓住时机，搂住它的脖子。然后，它果然如我猜测的那样，把我提溜到家门口了，我拖着伤腿，疼得死去活来。我翻进屋里，我想我那会儿已经虚脱了，勉强打了一个电话。我记得我打给了媳妇，但后来他们说我打给了我的弟弟，我还有力气在电话里骂他：我一天不见人影你瞎了吗你看不见人房子的门在这么大的风里张开着你不知道出事情了你的狗脑子就不会想想还是你想让我就这么悄悄死掉……

"但我一点印象没有，我都不知道是怎么回事。后来弟弟说我说话又快又准声音又大，状态好得让他以为我只是一点小伤，可看到的是已经晕过去的我。

"等我醒来的时候已经在医院里面了，弟弟在旁边，他笑着说你怎么了？我们分析了半天也不知道你是怎么回事。

"'怎么了？你还好意思问怎么了……'我的火气一点没消退，我也对妻子发火了，就不知道猜测一下，难道在家里就没有祸事天降吗？她当然不会再气我，她哦哦呀呀着，算是认错了。在他们的再三追问下，我将事情讲述了一遍，他们啧啧称奇，不敢相信。

"'那牛真的救了你?'弟弟再三地问。

"'是先伤了我，然后才救了我。'

"'就是说它真的救了你?'我已经不想理他了。下午他离开医院，去看它了，他说要好好研究研究它是一头什么样的牛。但他注定会失败，因为它看上去和一头正常的牛一点区别没有，除非发生什么事。"

"其实我也很想认识一下这头牛，它在哪儿呢?"尼玛可能有点饿了，他开始削肉吃。

"它在海尔克，快生了，奶膀都下来了。"

"哎，估计一下牛犊就会变傻，就跟女人一样。"

"有这样的事?"

"千真万确，女人一旦生养就会变得傻傻的，这连她们自己都承认。"尼玛笑起来，红着脸，"看来所有母的都一样!"

他老婆给他生了一个儿子，已有三年了，他肯定是从老婆那里观察过，得到不少心得。而我们，我和妻子结婚比他们早，到现在都没有一儿半女，问题不在她身上，但我也没查出什么可疑之处。我们属于真正的疑难杂症一类，连现代发达的医学也无能为力。现在她已经放弃了，开始考虑收养，或者她提到了受精，我不知道她确切是怎么想的，她的主见是坚决而隐秘的，我不得而知。但我因为孩子的问题而产生的懦弱和无助，是不会在尼玛面前表现出来的，即便他从蛛丝马迹中洞悉我的苦涩，他也不应该说出来。可他偏偏说出来了。

“我觉得这是因为女人把一半的聪明才智都分给了孩子，所以她们才会有这样的变化。”

“没错，其实当母亲真可怜，不管是人还是动物，当母亲的都可怜。”

“但没有机会当母亲的更可怜。”

“你到底好好查了没有？还是你们两口子都没有好好查？这可不能马虎大意，说不定现在又有了变化，你今年查了吗？”

“我们一年至少去两三次医院。”

“去好医院，去大医院。我们县的医院是垃圾，去了也白去，说不定去了就有大祸。”

“去了省二医院也查不出来，其实我们已经绝望了。”

“其实没有孩子也好，我都快被烦死了，一回家一刻也不让你消停，我喝酒了他连影子都看不见……”

“你打孩子吗？”

“打，怎么不打。三天不打上房揭瓦。但他太皮了，打了也不长记性。”

我心里嫉妒，觉得他这是在炫耀，但看他的表情不像。他好像真的很苦恼，又爱又恨的样子。“孩子都这样。”我几乎是无所谓地说，然后我接着讲。

“二十天后我出院回家。路上就已经想好了——其实在医院里我就有此打算，但还有些疑虑，觉得真傻，请牛吃饭，闻所未闻，一个注定被人笑话的洋相。路上的风还是那么大，仿佛从来就没停过。那些风从青海湖面上吹过来，带着几乎察觉不到的水汽，扑到脸上会有一股带水的凉气，这个时候，季节开始变化了。我看见一群即将产牛犊的母牛走在去往那卡诺登水房的路上，没有人跟着，看耳朵上的穗子，它们应该是斗克力的牛。你知道的，他养的牛，体质永远那么好，那些母牛高大强壮，让你眼红。我看了几眼，回忆起母牛那天的所作所为，于是下定决心请它吃饭。我知道它会同意也会来赴约的，我会去请它。”

“哈哈，有意思。”尼玛说，“你做得没错，好样的！”

“所以，在回到家的第十天，我可以用拐棍走路了，我就去请它了。它和其他的一些要下牛犊的母牛被妻子赶到冬窝子这边来了。一天傍晚它们吃水的时候，我拐着棍子走过去，和它对视。‘我想请你吃个饭，表示感谢！’我说。它看着我。我又指指屋子那边，重新说一遍。它还是看着我，但我知道这事成了。就算没成，我也会让它成的。我跟妻子说这件事。

“‘请牛吃饭？’她以为听错了，‘请谁吃饭？’

“‘请牛，那头牛。’

“我的妻子瞪着我，她有些僵住了。

“‘这没什么奇怪的，它很聪明，知道这是怎么回事，我想请

它吃点好的。’

“‘吃什么，吃拉面吗？’

“‘你别一副搞笑的样子。’她的表情让我很生气。”

“幸灾乐祸地看洋相的样子吗？”尼玛的影子在灯光下显得臃肿笨拙。

“就是那个样子，她很想大笑，虽然极力忍着，但她心里一定认为我幼稚透顶。”

“但仔细一想也没什么大不了的，是吧？既然马能吃那么多好的，那牛也可以。”

“可不是，马吃鸡蛋可比人多，我们都没吃过那么多，还要为马考虑营养均衡，我们对自己这么费心过吗？”

这几年，此类事件层出不穷，他们先是惊愕，然后学习，如今已习以为常。不知从什么时候开始，比赛的马显得异常金贵，不再和人是一个等级了，从前那种牧人与马的天然融洽的纯粹关系因为比赛而破碎了，几乎是不堪一击地碎了。这真让人感到难过。这会儿已经快晚上八点了，有半个小时，我们完全抛开了那头牛和那顿晚餐，全心全意地聊马、比赛、巨额的奖金和那些为了奖金而让马拼了命的人们，各种比赛越来越多，为了钱很多人都快疯了，对自己的马好起来的时候简直是在伺候祖宗，可要是没有让他如愿他也会有爆发的时候，虽然抽打马下不去狠手——因为接着还有下一次比赛，下下一次比赛，马就是本钱——但淤积在心里的怒火总要有出口，而十有八九遭殃的就是家中的妻子或孩子……

我们再次回到故事里。“所以说，你和老婆吵了一架？”

“没有，我跟她说了些话，但没吵，她依然不理解。‘我实在不理解，你怎么会有这样的想法，请一头牛吃饭，亏你想得出。’她说。

“‘又不是什么不可以的事情。’

“‘可是这也太奇怪了，别人知道了会怎么想？我怎么跟别人解释？’

“‘跟别人解释，有这个必要吗？’

“‘那你不能让别人看见，而且以后也不准说出去。’她开始用一种我没见过的眼神打量我，语气也变得捉摸不定。我知道她的顾虑，虽然这顾虑很没道理，但我答应了，而且跟她说做好那顿饭她就可以走开，不用看着后面的事情发生，但她被勾起兴趣，非要留下来。我去请它的时候，好说歹说才没有让她跟着。

“我是怎么请它的？哈哈，这个说起来就太有意思了，自从那天我跟它说过那些话之后，你猜怎么着？它每天都有意无意到家门口来逛一圈，到处找东西吃，好像我请它吃的东西就扔在外面的地上似的。我跟妻子说，你看见没有，它听懂了我的话，这不已经等不及了吗。

“‘任何嘴贱的牛都这样，你忘了夏天它们是怎么来吃帐篷

的了？'

"'这是不一样的，现在只有它来，其他牛怎么不来？夏天所有牛都来，因为帐篷边角和帐篷周围有咸味，它们需要那个，我跟你说过把用过的污水倒远一点，你就是不听。'

"'那我叫你晚上尿尿去远一点你听了吗？它们都是冲着你尿过的那点土来的。'我们又毫无意义地吵了一会儿，我感到累了。那天的计划泡汤了，我很气愤，晚上她给我腿换药我拒绝了，把她气哭了。于是我又心软，但也乘机教育她以后不要总是胡搅蛮缠，哪怕她是我的妻子也不行，我讨厌不讲道理的人。

"'你现在说话像极了曾经你最讨厌的那个人。'她诚恳地说。

"'谁？谁是我最讨厌的人？我怎么不知道？'

"'你看，你连他也忘记了，说明你早已放弃自己的一言一行了，幸亏我们没有孩子。'"

"她这话说得是在太狠了。"尼玛咂巴咂巴嘴，担心地看着我，"你没打她吧？"

"你说我那时候还有那个能力吗？你说得没错，她的话扎心不见血，我气得像浑身被抽干了力气，差点晕倒。"

"女人一旦狠起来真可怕！"

"但你知道她不是那样的人，她不是有意的，她说完就后悔了，一脸无辜地看着我。她来扶我，我推开她，她的眼眶立刻蓄满眼泪，倒是把我弄紧张了，这件事就这么不了了之了。"

尼玛突然哈哈大笑起来，说他已经猜到后面的情节了。“我和媳妇吵架了也会那样，而且更激烈，嗯，大部分时候是。”他笑得很猥琐。

“我说过事情结束了。”

“没有，事情的结束是在床上，我说得对不对，你们肯定做了，床下吵架，最好的解决方式就在床上。”

“我可受着伤呢。”

“哎，那点伤又不妨碍，只要你不动不就行了？”

“你这个流氓！”我感觉脸上火辣辣的，因为这家伙说对了，当天晚上我让她将功赎罪，她乖乖就范了，羞羞答答的。黑暗中气息紊乱，我发现她的身体一阵密集的细微的战栗，她屏住呼吸足有一分钟，而后长长地吐出来，身体也仿佛活过来，她前所未有地大胆和激情，仿佛还带有一种豁出去的放纵。

“第二天很早她就起床了，收拾完家里的活开始准备晚上的宴请。她问我准备些什么，我也不知道，但肯定不能是一把草。我说它可能爱吃咸一点的东西，而且不能是肉食，它不吃肉。蔬菜、盐、面食肯定行，它肯定也喜欢油性的东西。她点头说懂了。下午它如期而至，带着期望看着站在家门口的我。那会儿我让妻子把炕桌搬到了外面的草地上放好，晚餐已经摆好了。有素炒的白菜、油菜、酸菜炒粉条、凉拌菜（一大盆木耳拌洋葱，它肯定喜欢）、土豆丝、豆芽……还有一大盆拉面，为了照顾它的口味，这些东西全部油汪汪的，菜籽油永远是牛的喜爱之物。这是一桌很丰盛的晚餐了。

“我做了个‘请’的手势，惹得躲在门背后偷看的妻子咯咯笑。我回头很严肃地瞪了她一眼，她这样笑搞不好会吓跑它。还好它没有，它很干脆地过来了，站在炕桌的另一面。我在一张靠背椅上坐下来，拿起筷子，我的面前也有一碗拉面，我端起来开始吃。我想用这种方式让它得到一些启示。果然，它再次凑前一些，伸长了脖子。但它还没吃，似乎在担心什么。

“‘我请你吃饭，请放心大胆地吃。’屋里又是扑哧一笑。

“它瞪着我，那眼睛真是又空灵又明亮，仿佛能够把整个地球装进去。我端起饭碗故意发出吃的声音，它的嘴唇才终于碰到了豆芽，它马上被这盘菜吸引，张口用舌头舔进去一卷豆芽，开始津津有味地吃起来。一边吃一边嗅别的菜，这里尝一口那里咬一嘴，品尝得不亦乐乎。那一大盆洋葱拌木耳，没过三分钟便被它吃得干干净净，它用粗糙而宽厚的舌头舔菜盆，菜盆轻飘飘地在桌子上滑动，桌面一片狼藉，但它一点不在乎，专心致志地吃起拉面。”

“牛啊羊啊都喜欢吃菜，但面它们也爱吃，我们家的牛羊也一样。”尼玛嘴馋了似的舔舔嘴，一脸佩服地问，“你怎么会想到这招呢？而且你做的一点没错，难道牛救了命就能不当一回事吗？要是马救了人一命肯定会被当成先人供着。”

“是啊，我们有时候真的很偏心，为什么牛就不能享受和马一样的待遇，用它吃它则罢了，却连最起码的尊重也没有。”

“所以我说你做的一点没错，你媳妇不懂。”

“不，她懂，她就是觉得怪怪的，因为没有人这么干过。”

“正因为是第一个人，你才会被记住。我们应该对它们好一点，不能老是打呀杀呀的，这些年，你在气头上打死过多少牛羊？我算了一下，我大概打死了七八只羊和三头牛，还打断过一条马腿。”

“我没算过，但肯定少不了。以后我再也不会这样了。”

“没错。我也不打了。”

“自从我请它吃了一顿饭之后，我的心里甭提有多舒服了，我仿佛完成了人生中的一件大事。”

“你的确完成了。后来呢？”

那天吃完饭，天色刚刚黑暗，它很自然地回牛群里面去了。妻子收拾了残羹剩饭，外面冷清得很，她叫我进屋，我答应着，但不想动弹，那种从身体到灵魂的慵懒感很舒服，我留恋地享受着，看着它在牛群里悠然自得地反刍，直至留下一个模糊的身影。

后来，我们虽然经常见面，但我们仿佛都忘了一起吃过饭这回事，它过它的生活，我过我的生活，互不打扰，各自安然。

圣人画像与象牙麻将

1

一年时间里尼玛讨了十六回债。欠债的东周是他好朋友，正因如此，他才疲惫、无奈地同意了东周的提议：用一副上好（不知什么材质）的麻将作为抵押，等东周夏天打工挣到钱，一手交钱一手交货。

尼玛强迫自己相信东周会挣到一万块钱，不喝酒不赌钱，顺顺利利。只有这样想，他的日子才能过得踏实些。

东周从堂屋正北摆着的门箱里提出一个满是污渍的灰色布袋子，轻轻一晃，发出清脆的碰撞声。他宽展的脸上露出一种少见的懊悔，有些犹豫，但还是把袋子递给尼玛。尼玛伸手掏出三枚麻将，乳白色、小巧而润凉的麻将在手掌中显得优美、端庄，沉甸甸的。尼玛凭一点小经验估计这麻将不简单，有古意，有时间的痕迹。他心头一跳，搜肠刮肚，寻找都快忘干净了的那点古玩知识。他涉猎的老东西中有古老的马鞍、兽骨、蒙藏族的佩刀、头饰、念珠、铜炉、各式各样的祭祀器具，但没有此类物件。再说，他本身一个二吊子水平，又时隔多年，掌眼看货的本事都忘得差不多了。

东周摸着一枚牌，习惯性地用中指搓摸，然后将牌掉了个头又摸了一遍。“八饼！”他说。

“这是什么材质的？”尼玛问。

“不知道，但不是一般的东西。”

“再不一般也不值一万块钱。”尼玛将牌扔回袋子里，然后朝里面瞧一眼。那么多枚乳白色小方块挤挤挨挨，像糕点勾人食欲。舒服的手感还残留于手指，他不由自主地搓了搓：“这副牌你从哪儿弄来的？”

“这副牌呀是我们家——”

“说实话。”

东周摸摸下巴：“我也不知道是谁的，我的一副麻将被换掉了，我那副比这个好，像翡翠。而且比这个大，这副太小。”

“这么说，它不是你的。”

“是我的，是我用我的那副换来的。不对，是我的被别人偷换掉了，因为我的那副牌真的好……”

“那这个不值钱。”

“值钱，你一看就知道，这不是一般的材料，我都不知道是什么材料，但看过的人都说不简单。”东周又加一句，“多多扎西想用一头好母牛换，我都没答应，不信你去问他。”

“那你去换，把母牛押给我。”

“我才不上当，他其实是一个小人。”

“小人不小人我不管，但你今年夏天要是不还钱，这个麻将也不顶事，我会去拍卖你的草场。”尼玛半真半假地说。

“今年我当然会还给你，你吃不到我的草场。”

“我也不想去吃，那是没办法的办法。”

从东周家出来，尼玛走向自己的丰田皇冠。这辆二手车到手不足一年，他已深深依赖并喜欢它，他喜欢坐在里面时的稳妥，有一种雅致和流畅。他坐过不少汽车，没有一辆车给他这种感觉。起初他以为是自己开车的缘故，但其实不是，是车的原因。是车的性格和他的性格相投才有了这种契合感。所以每当他把手放到方向盘上，听到发动机轻微而有力地运转，他就会兴奋，疲惫遁去，眼神犀利，思考问题变得迅捷。这部车自从到了他手里，几乎不染尘埃，他每天擦拭一遍，进入车库后用网购的车套包裹，出驶前用纯棉的毛巾仔仔细细地擦一遍。他有四条高质量的擦拭汽车的专用毛巾，比洗脸毛巾还干净。但凡车有点问题，他就会感到不舒服，好像自己得病一样。他是一个地地道道爱车的人。但在爱车之前，他是一个爱马的人，也将自己的爱马照顾得无微不至，绝不让外人骑。爱马的热情随着多年来的相伴而愈加深厚，要不是有了一辆车，他会接着爱下去。其实有了车他也不是不爱马，只不过将很大一部分精力分到皇冠上面去了。总有一个是你最爱的而不是同样热爱的。尼玛没有深入想这个问题，如果硬要分辨的话，他在看见马时想到车，心里会有那么一点不舒服，有点不满。是对谁不满？肯定不是对马，也不是对车，最后只能是对自己。他对自己的不满主要表现在心里，不会流露到脸上和行动上。因此，回到家，他妻子一点没有看出来。

康姐听见了尼玛打开大门的声音。一重一轻的脚步声登上六级台阶，推开封闭式阳台的门，再推开卧室的门走进来。她背对着门躺在炕上。她感冒了，连着发烧三天，第一天坚持不住，去镇上的王文昌诊所打了点滴，然后就不去了，她受不了诊所里面的那股子阴冷，好像那些打针的人个个都带着寒气，冰寒到骨子里去了。一针打完，病情更严重了。也许是心理作用，康姐觉得那里所有的东西都散发着一股腐朽而且感染的气息。

“你好点了没？”尼玛摸摸炉子上的茶壶，还有余温。他一边给自己倒茶一边问她。

“嗯。”她含含糊糊地回应。

“你想吃什么？”

“我不吃。”

“你不吃也就好不了。”尼玛开玩笑说，“难道你想让我多做几顿饭？”

“我们还钱的事要赶紧了。”康姐突然这样说。

“哦，那当然，我不是正在凑钱吗，时间还有。我刚从东周那里回来。”

“他给了吗？”

“没有，抵押了一副麻将给我。但你别担心，我研究了一下，这副麻将可能真值点钱。”

“我担心钱会零零碎碎用完了，而我们什么也没做。”

尼玛喝着不怎么热乎的茶，喝完后将碗扣在案板上。搓搓手，伸着脖子从炉盖的缝隙里往炉子里瞧。“晚上吃方便面吧？”

康姐哼了一声。尼玛满不在乎地一笑：“你再睡会儿，我去看看大羊群。小羊群你检查过了是吧？”不等康姐说话他就离开了。

2

他没有去看大羊群，在路上想起一件事，就拧转摩托车，朝加油站旁边的上水渠驶去。上水渠是德州的六个片区之一，有二十七户人家，分布在两万亩的草山里，片长是万玛扎西。尼玛来到背耳朵家的羊舍附近，停下来，给他打电话。

“你出来。”

“出来？”

“我在你家门口。”

过了十几分钟，背耳朵穿着蓝大褂灰尘满面地走来，边走边拍掉身上的羊粪尘。“你怎么不进来？”

“我有事。”尼玛说，“我的钱呢？”

“什么钱？”

“大前天晚上你借的钱。”尼玛说，“今天是我还贷款利息的最后一天，我刚才突然想起来的。”

“钱在卡里面。我把卡给你，你自己去取。”

他去拿卡。尼玛看见他那个女朋友从羊舍里出来，低着头往家里走。背耳朵结过两次婚，又交了三个女朋友，这是第一个带到家里正式住下来的女朋友。自从和父母分家独门生活后，背耳朵诸事不顺，人也憔悴了。那晚在酒吧喝酒，他唱了一首表达内心苦闷的歌，唱得很深情，好像还有点哽咽。他请客却忘了带钱，尼玛便借给他。他用力捏捏尼玛的手以示感谢，红通通的大脸上散发着热烘烘的酒气，感动地说：“要不咱们再喝一瓶？”尼玛逃之夭夭。

尼玛拿着卡，去大羊群里检查。有三只母羊产下了羊羔，已经将羊羔的身子舔得干干净净。两只小羊羔的肚子鼓着，已经吃上奶水了，另一只跌跌撞撞在母羊身边找奶头。羊群里还有一只母羊正在产羊羔，羊羔的头已经出来了一点，是一只黑嘴巴羊羔。尼玛一眼就发现这羊羔可能不会顺产，因为正常的程序应该是羊羔的两条前腿和头一起出来，但现在他只看见了一条前腿的半截蹄子。当母羊卧下，用力往外挤羊羔时，他也没看见另一条前腿。这种情况下有两个办法：一是他动手帮忙把羊羔取出来，虽然母羊会受点伤，但长痛不如短痛；二是再等等看，说不定母羊有它的办法把羊羔生出来。尼玛想了想，决定先去还贷款利息。本来要骑摩托车去，但天气变冷，刮起大风来，他不想受这份罪，就回去开车。

乡政府门口的路被挖断了，一辆挖掘机的铲子上拴着钢丝绳，从坑里吊出一截粗壮的黑色管子。刚好尼玛开车经过，伸着脖子往外看。挖掘机的长臂移动着，那四五米长的管子朝着尼玛晃悠而来，他赶忙向左边躲避，差点撞上几辆并排开的摩托车。这家摩托车修理铺的矮个子店主从里面走出来，面无表情地看着他慌张地扭动方向盘险之又险地擦过去。他停下车，怒气冲冲地要去找那个开挖掘机的人质问，但在经过修理铺的时候，眼睛盯上一辆崭新的山地摩托车，一下子就喜欢上了。这是一辆红黄两色搭配得恰到好处的高瓦斯摩托车，油箱两侧绘着橘黄色的火焰，车身高瘦粗犷，轮胎粗粝，充满爆发感。坐垫上的保护膜完好无损，整辆车都闪烁着崭新的光芒。他一时间忘了愤怒，一圈一圈地绕着它看，仔仔细细观察，越看越喜爱。

“这车多少钱?”他依然盯着车子，头也不回地问。

“七千八。送高级头盔和一件骑行服。”矮个子店主走过来，检查了几辆差点被尼玛撞到的摩托车。

“根本一点都没挨到。七千八？太贵了，这车有那么贵吗？”

“这是最便宜的一种，但质量有保障，”矮个子店主拍拍短而窄的坐垫，咳嗽一声，“轻易不坏，轮胎寿命长。最关键是它省油，别看是越野车，它比一般的摩托车的耗油量只多一点点，你的摩托车是什么牌子？”

“隆鑫。”

“那就是差不多的耗油量。买一辆？”

“我倒是很喜欢，但我那辆怎么办？”

“在我这儿估价留下，再添一点钱就可以骑走了。”

“你收旧车？”

“以旧换新，你不买新车我也不收。”

“你能出多少钱？”

“看车说价，你骑过来再说。”矮个子店主进店铺继续修车。尼玛也没了去挖掘机那里找碴的心思。

信用社里面人声鼎沸，三排蓝色的网状椅子上坐了十来个人。里面的一间，信用社主任和经理的办公室黑色沙发上也都坐满了人。尼玛朝那边望一眼，想着要是主任看见他就打个招呼，但主任忙得头都抬不起来。尼玛暗自庆幸，他不想做一番虚伪的、烦人的寒暄。他在自助机上摁了“个人业务”，票号是85，而柜台上面红色的电子屏显示当前仅有的一个业务窗口正在办理第66号的业务。这时有人叫他，坐在第二排的一个人在笑着指他。

“你也来清利息了？”查拉挪挪屁股，让出一点空隙让他坐下。

“我差点忘了。”

“我也是。事办完了你干啥？”

“回家。看羊。做饭。”

“做饭？”

“媳妇感冒了，等着我做饭呢。”尼玛漫不经心地说。

“圈好羊后干啥？”查拉不依不饶。

尼玛知道他的意思，他一想到麻将就感到手痒，生出一股可以战斗的激情：“晚上到你那儿去，你把人叫齐。”

查拉说：“你和东周过来。”

这个名字的出现，让尼玛不可避免地想到那件烦心事——他好不容易忘记一会儿。他抱怨地看着查拉，后者没注意到，继续说：“玩就玩个痛快，我们通宵怎么样？”

“我没问题，两个通宵都可以。”尼玛语气硬邦邦地说。

“听说东周给了你一副麻将，还是一副好麻将。”

“他自己说的？”尼玛冷哼一声，“要是别人这样拖欠我的钱，我早就告上法庭了，他现在居然用一副破麻将做抵押，他还有脸说。”

“这也没办法，他说过要在今年还给你。”

“我怕他一边挣一边就花完了。”尼玛觉得这件事有必要让他们知道详情。他整理了思路，小声地将事情原原本本说给查拉听。

尼玛越说越觉可悲，由衷地感到情谊遭受了损害。

查拉惋惜地伸伸有残疾的那条腿，抚着嘴角说道：“是啊，拖了家带着口，人就变蠢了……也不容易……”

“并不是所有人。”尼玛的怨气针对东周，他不想射影其他任何人，更担心查拉将自己也套进去，“我这次感触很深。”

“难怪有老话说，要想过得好，就得脸不要。”

“这是什么话？”

查拉哈哈一笑，说：“轮到我了。”

尼玛盯着查拉吃力地站起来，胯部一扭一扭地去柜台。查拉的坐骨神经做过手术，有一块钢板插在那里，他总会提前两三天就知道要下雨，因为骨头的疼痛在提醒他。他痛恨下雨，痛恨风和冰冷，但他不得不每天面对这些。一旦犯病了，他的脾气立刻变得不可捉摸，喜欢跟人找碴儿，只有麻将能给他一些安慰。

查拉结清了利息，临走前提醒尼玛晚上不要迟到。从自助机旁的大窗户，尼玛看见他艰难地上了他那辆白色的二手帕杰罗SUV，掉头离去。

尼玛矜持地坐着，一遍一遍思考，接着有些黯然地站起来。广播里在叫他的号码。

3

晚上七点半，天黑透了。查拉一个人在家里等他们，媳妇去县城照顾父母了。他早早给羊群饮了水，将它们驱赶到房屋后面的老式羊棚里面。新式羊棚里的羊粪下午卖掉了，一辆很小的铲车停在羊棚里，没有人。装粪的农用车已经走了。他检查了羊棚的墙，没有被破坏。他叮嘱过装羊粪的那个人，不要让铲车碰到羊棚墙。

他中午就煮了一锅牛肉在炉子上。

他将身上的尘土用牛尾巴扫落干净，顺便提去一塑料袋羊粪。房屋的西边靠墙排着十几袋羊粪，都是媳妇临走前装好的，怕他因为去装羊粪而再把腿脚弄伤。查拉想起自己以前荒唐的、无情的行为，而媳妇始终不离不弃，他心中又泛起愧疚与不安。这不是他第一次反思、第一次愧疚，更不是第一次良心受到谴责。自从祸从天降，双腿遭受磨难开始，他的心态就发生了变化，性格也朝他以前怎么也想不到的方向发展。当真是“命运一出手，查拉便收手”。他再也狂不动了。

第一个来的是背耳朵，背耳朵挺着孕妇一样的大肚子从五菱微型货车上跳下来，高高凸起的脸颊红通通的。

“怎么就你一个人，东周呢？”查拉大声问。他必须大声，不然背耳朵听不见。背耳朵以前可不是背耳朵，只是有一年运气不好，被雷劈了一下，就成了这样子。只要听不清，他便呵呵笑，用笑声化解一切尴尬。

“东周？我不知道。”背耳朵说。

他们聊着，吃肉。背耳朵想喝点酒，但查拉装作没听见：“你的牛育肥育得怎么样？”

“变化大得很，现在毛色都变了，一个个撒欢儿……”

“卖吗？”

“咱们窝里还是不要做买卖了。”

“不是我，是我亲戚。”查拉撒了谎，事实上他几天前刚刚见过背耳朵的牛。虽然都是去年的牛犊，严格来说还不到两岁，但由于是背耳朵自己家的牛犊，从来没有断草断水，体质上是优秀的，再加上牛犊自从断了奶之后马上用饲料育肥，也没有因为缺奶而瘦下去。查拉眼热，思考了好几天，怎么考虑都觉得只要价格合理，这是一笔不亏的买卖。

“你亲戚？谁呀？”背耳朵不依不饶地问。

“你不认识。”

“你还有我不认识的亲戚？”同在一个村，知根知底，而且他们彼此之间的亲族也是亲上加亲，关系错综复杂，背耳朵还真不知道查拉哪个亲戚是他不认识的。查拉挥挥手里的割肉刀，蛮不讲理地说道：“就是一个你不认识的，在湟中县。”他说的也不尽是谎言，湟中县上五庄镇上的确有他一个亲戚，不过，是结识不到两年的干亲。他和那人做了几次买卖，情投意合、相见恨晚。有一次，在查拉家这张桌子上，二人酒到酣处，结为异姓兄弟，第二天虽然觉得荒唐但也坦然面对了。这件事，查拉没有向背耳朵他们说起过，一来觉得不好意思，二来也无必要。

查拉吃了一整条牛肋骨后饱了，而且感到有点油腻。他遗憾地看着盆里的肉，黯然回想着，在过去，在没有动手术前，像这种五寸长短、厚不过三指的牛肋骨，他一口气可以吃四五条，如今却心有余而力不足。这加重了他对美好生活的失落感，甚至是绝望。在他看来，不能尽情享受美食与死亡是同等的。

"你到底卖不卖？"查拉的情绪变得低落，得到那批牛的渴望变淡了，所以他加重了语气，"不卖拉倒，世上还缺四条腿的牦牛不成？"

"我说过不卖吗？问题在于价钱，他出多少钱？"

"你好好拍个视频给我，看了牛再说。"查拉等着他吃完，将桌子收拾干净，又用平时烧水的大茶壶烧了一壶茶。这会儿已经八点一刻了，查拉在他们的微信群里发了语音：你们快点。

尼玛和东周一前一后到来。人齐了，他们分四方坐好，搓麻将摆牌。赌注一上来就加到三十元，一旦赌金大，背耳朵就兴致高昂，手气也好。他连赢了四把，几百块钱到手。他心情很好，话也变多了，但谁也不理他，他要是出牌慢就会被骂，他也不生气。

第一局背耳朵大获全胜。接着是第二局，第三局……那天晚上他们战斗到凌晨四点，才哈欠连天腿脚僵硬地散局。

尼玛输了近两千块，他懊悔地想杀了自己。每次输钱他都下决心戒赌不玩了，但到了第二天他又不死心，觉得自己的坏手气马上会过去，接下来会赢。只要每次赢两千多，连续赢几次就可以把输掉的一半钱赢回来，这不是不可能。他们几个麻友中的孟克，最高纪录是一个晚上赢了六千块，另外一次赢了四千多。他的手气总是那么好，好到他们都怀疑他偷牌，但谁也没有抓住他偷牌，也许他真的就是手气好。尼玛不期望一次赢那么多，事实上，只要每次都赢一点他就会很高兴，心理压力也会小一些，最起码他可以安慰自己。但这个愿望总是那么难以实现，别人轻轻松松、心不在焉地就可以赢，唯独他越认真越担心，就越输得多。他试着不在意输赢，但装出来的不在意算什么？只有真正不在意才可以，那怎么可能呢？尼玛做不到。输了那么多钱怎么可能无所谓。他现在不敢面对这个结果。他该怎么把这个巨大的灾难性的空缺补回来？

回到家已是四点半。康姐在梦里咳嗽，他倒了杯暖瓶里的热水，叫醒她，让她喝水。他痛苦得睡不着，耳边有麻将的哗啦声。

4

尼玛不明白自己的愚蠢行为：他又借给东周两万块钱。这是他刚从“村互助资金合作会”拿到的钱，这个项目拖拖拉拉了三年，直到今年二月才算有了眉目。这笔资金利息低，一万元一年的利息才二百元。所有参与这个协会的会员，一户两万块。加上这笔钱和家里已经凑出来的三万，他再借五万就可以把贷款还掉，然后再贷出来五万，把借的一还，明年的经济压力会小许多。这几年，他就是用这种笨办法一点一点减掉了贷款。本来他有三十万贷款，那一年还款的时候他凑不上钱，焦虑到整个人都变形了。他们两口子发誓绝不再过那样的日子。如果他没有输掉那些钱……那些钱是一点一点、不知不觉输掉的，等他逼迫自己清算的时候，已经绝望了。

他之所以借钱给东周，是因为离还款还有一段时日，但最主要的原因是，他被东周的计划说动了。这个计划听起来很好，到时候他不但可以要回全部的钱，还能有利润，是个不错的投资。他想赚钱快想疯了。每天他脑子里都有几十、几百个不切实际的赚钱的点子，所以遇到这样一个真的可以赚到钱的机会，他不愿放过。他对东周说的这事有点了解，很多人都在拉骆驼，而且确实赚钱了，等不想拉了就把骆驼一卖，啥也不亏。

东周的计划是这样的：买一匹骆驼，夏天到沙岛去拉客。从沙岛的沙山脚下到山顶，骑乘一次五十元。他打听过了，大家都是这么收费的。如果按照一天拉客二十个来算的话，一天的收费就是一千元，一个月是三万元。当然，不可能天天都有这样的收益，除去下雨、无客和其他意外，再除去景区管理费、骆驼的食宿等各种杂七杂八的费用，一个月至少可以赚一万或者七八千。干上几十天，不但尼玛的钱能全部还上，还能多给一些。东周承诺付给他高利息。

“两万块借我三个月，我给你三千块的利息。”东周说，“骆驼已经有眉目了，就差钱了。我本想去打工的，但怎么算都挣不到那么多，就算能挣到，我不用生活吗？估计最后还是还不上你的钱。别说你着急，我也被压得难受，无债一身轻，说得真没错。”

尼玛冷哼道：“你说了半天，都是空的。反正我现在是什么也得不到，什么也没有。”

“这是投资啊，正当的投资。”

“我又不是放高利贷的，而且我担心你的信用。”

“我的信用？我在信用社的信用记录是优良，你担心我的信用？”

“可你在我这里没有那么好。”

当真到了最糟糕的局面，尼玛也不会客气，东周家里有牲畜有大片草场，跑得了和尚跑不了庙，他能躲到哪儿去。

尼玛从车上的储物盒里找到一支签字笔，他们合力策划内容，尼玛执笔，写了一张合同在烟盒上，内容是这样的：

今有德州村村民东周，借了德州村村民尼玛的两万元（贰万圆整），双方达成协议，将于2018年9月20日前，连同之前借的一万元，以及利息三千元（共计叁万叁仟圆整）一次性还清。如果到时候还不上钱，东周要用牛羊抵债，或者尼玛有权利用东周的草场来抵债。

特此立据。

欠款人：东周

2018年6月3日

第二份合同写在了一张保险单的后面，两人都摁了手印。

“行啦，这下我们都放心了。”东周将自己的那份合同揣进怀里，高兴地说，“这下我可有干劲了，我本来有另外一个计划，我想买一辆摩托车，还是去沙岛载人。你知道的，就是从景区入口到沙雕那里。”

“那段路轮得到你？不是有旅游公司的观光车吗？”

“当然得交钱，交了钱你就可以拉客。有些人是不愿意等观光车的，而且万一有急事从里面出来，或者进去，就有摩托车的生意……夏天那里的人可不少，去年沙雕节那几天，我们一家根本进不去……”尼玛顿觉豁然开朗，觉得自己买那辆山地摩托车的理由又充分了。同时尼玛下了决心，今年夏天不去夏牧场了，将羊群交给小舅子，付给他工钱。尼玛可以利用夏天多挣点钱，要是康姐能去拉骆驼……他想想还是算了。让她每天上山下山，累死累活地去服务别人，他过不了心里这一关。自己无所谓，可以吃苦，但让老婆丢人现眼，别人怎么看？他丢不起那个人。

“要交多少钱？”

东周已经下车了：“一个月三千，一辆摩托车。”说完他就走了。

他们是在德州村小广场上完成这次交易的。这天早上尼玛六点就起床了，去羊群里看有没有昨晚出生的羊羔。七点半康姐烧了奶茶，吃昨天新炸的油饼。他们再次商量并确定了未来一个月内要做的几件事：在每一只羊脊背上抹上记号（用机油和牛油混合搅拌的红土）；给最前一批出生的羊羔断奶；羊群牛群的疾病防疫；给要淘汰的老母羊育肥……

吃了早饭，他开车去村委会办公室开会，分“互助资金”，一晃就到了下午四点。时间在人忙碌的时候快速流逝，一去不复返。天气很好，大片大片有颜色的光线组成阵势，浩大堂皇地穿过大气层，扑向地面，广场上惨白的水泥地面讽刺似的刺痛他的眼睛。广场边上就是公路，西风在路面上飞奔，皇冠车发出呜呜的呼应。他坐在车里，静静思索。开春以来一直没有下雪，当自来水没有了压力，他就知道问题来了。春天历来是疾病暴发的季节，加上干旱，基本可以确定，除了羊群牛群每年必须要打的“羊痘”“四联”“口蹄疫”“小反刍”这些防疫针和要灌的药片，他还要额外打除虱子的针。但这又牵扯到羊的体质，这种药会对羊产生一定的副作用，让羊瘦弱下去，而现在，他的羊群体质可不怎么理想，万一因为抵抗力太弱而患上其他未知的疾病……一个恶性循环。他皱着眉，没有解开的法子。不，有一个办法，加大饲料供给，一个月内就可以让羊群的体质得到加强。但这么一来，羊群的“料口”就变大了，明年喂的饲料如果少于今年就等于没作用，又是一个恶性循环……眼看收羊归圈的时候快到了，他放下此事，彼事提上心头：他该怎么跟康姐说两万块钱的事？

5

他先说买摩托车这件事。康姐以为他要用“互助资金”的钱买摩托车，表示反对。

“那两万块钱我借给东周了。”

她面无表情地看着他。

“写了欠条，九月份和前面的一万一起还，多给我三千块的利息。”尼玛观察她的脸色。

“你没跟我商量。”

“我心里有数，你放心。”

“你有什么数?”

康姐非常生气，尼玛也不高兴。关于不去夏牧场改去沙岛的事，他暂且不提。到了深夜，他不管康姐以感冒为由的抗拒，锲而不舍地满足了私欲。康姐骂他是公牛。他呵呵笑，详详细细地阐述了一遍自己的计划。

“我们试一试，这没多坏，就算不成功也没什么，我们只不过浪费了一个夏天，没有取到足够的酥油和奶酪而已。”

“难道还不够吗?我们还得花钱买，而且一定没有自己家的好。”

“这倒是。但假如没有冒险作为代价，人人都会成为富人，正因为有这样那样的问题，才少有人敢去做。”

“可能吧，我不知道。”康姐说，“如果你下定决心了，那我还能说什么。”

第二天尼玛将羊群送到草场里，堵上围栏的门，然后他骑着摩托车直奔甘子河乡。不管怎样，还是先把摩托车弄到手。

矮个子店主检查了摩托车，说:“整体状况不错。”

“我没怎么用过，你出多少钱?”

“两千。”

“那还是算了，我才骑了两年多……”这个价格比他预想的差了一千五百块钱，他开始打退堂鼓。

“一般都是这个价格，老兄，我们向公司上缴也是有规定的。”

“应该值三千五百块，我的车差不多八成新。”

“值不了那么多。”

“三千块。不成就算了。”

“那不成。”

尼玛把车停在那里，去了马全商店，他要考虑考虑，同时也让矮个子店主考虑考虑，再仔细看看车。他有种被羞辱的感觉。他站在手机柜台前，看着眼花缭乱的手机。每次来这他都会感慨一番。这家店不到十年时间，从不足十平方米的简单食品小店，一步步发展，一年年壮大，到了如今这般规模，成为一个“超级商店”，包含杂货、五金、服装、手机、食品、粮油等等。这是一个人的发家史，一个经济不景气的牧区的男人的事业……这让尼玛佩服。尤其是当他看到那辆崭新的兰德酷路泽时，他强烈地嫉妒起来。得多有钱才能买得起、养得起一辆一百多万的车啊！他走出去，到船一样大的车跟前仔细欣赏。这个狡猾的湟中人！尼玛在心里酸涩地骂：这个无耻的湟中人，占尽了先机，又那么有商业头脑，这个湟中人……

他想起来康姐让他买的东西，康姐指定在马全商店里买，但他现在一肚子火气，绝不乖乖把钱供给马全，他去了另外一个小商店。他走了三家这样的小商店才将东西买齐。他也想清楚了，想要赚更多的钱就得有投资，世界上没有免费的午餐。他回到摩托车修理铺，矮个子店主正在边听音乐边拆卸一辆车的油箱。

“你考虑得怎么样？同意吗？”

“不行啊，老兄。”矮个子店主直起身子，一脸憔悴，“这样吧，我再加两百，这是我的最高价，我真的没时间再讨价还价了。”

“我也没时间，那就成交吧。”

6

摩托车是好车，骑上去，一拧油门手柄，排气筒的声浪让尼玛所有的忐忑与不安瞬间烟消云散。他感到皮肤紧绷，血液飞驰，一股震颤的巨大力量传导全身。他穿着赠送的骑行服，头上戴着崭新的、样式新颖的头盔，在加油站到甘子河垭口之间的这段平展的公路上飞驰。这辆新得不能再新的摩托车发出一阵阵尖锐的轰鸣向前奔窜，油门似乎永远也加不完，怎么加怎么有。他感受到车的操控性和整体的结构完全有别于之前的那辆，这车更轻，却更稳。这样的车，什么样的山能挡住它？冬窝子的山简直不值一提。他觉得夏牧场那里才有挑战性。

康姐只看了一眼摩托车。她根本不感兴趣，就像他对她的化妆品和衣服不感兴趣一样。

晚上，他骑着摩托车去了东周家。他们约好在东周家里打麻将。过去的两年，他们没在东周家打过麻将。后来，他们觉得这不公平，于是定下规矩，每家都要去玩。

尼玛叫他们出来看看摩托车。背耳朵骑车去体验了。

查拉说："你买这玩意儿干吗？"

"放羊还是这个用处大。你是骑不了的，你连上都上不去。"东周说，"我要是今年赚了钱，也买一个。"

"这个多少钱？"查拉说，"看起来像只大瘦狗，就是撵兔子的那种狗。"

背耳朵回来，说："这车适合我骑，尼玛你的腿够不到地上吧？"

他们回到厨房的炕上，东周的老婆珍珍给他们倒了茶。看到她，尼玛才极不情愿地意识到，他和东周还是连襟呢。康姐和珍珍是姐妹，珍珍的父亲和康姐的父亲是堂兄弟。说来奇怪，她们家有四个姐妹嫁到德州来了，再加上一个小姨，一个侄女，这六个女人成了德州男人的女人，真是一道奇观！

珍珍的肤色应该是她们所有姐妹中最好的，很细腻，很光洁，一张小而标准的瓜子脸，眼睛不大但睫毛很长。尼玛是她的姐夫，但记忆中她似乎从来没叫过他姐夫，甚至连说过的话都极少极少。她们姐妹并不经常来往，所以他和东周自然而然淡化了这层关系。

他们到大房子里去玩。大房子的炉子刚生了火，却因为房间太冷而供不上温度，所有的家具都透着冰寒气息。他们坐下不久，尼玛的膝盖感到疼痛，他按摩膝盖。他看见靠窗户的墙上挂着的一幅画像，和很多牧人家一样，是一幅“圣祖”成吉思汗的画像。起先他没在意，但很快，凭着一点经验，他发现这幅画很不简单。首先，穿盔甲战袍的成吉思汗像本就少见，而这幅他更是从来没有见过。其次是材质，他可以肯定不是纸，像一种动物皮。他靠近了观察，装在镜框里的画像有五十厘米宽，长度在八十到九十厘米之间。不用去摸，更不用去闻，他一眼就看出这幅画有些年头了。他不知道画像是什么皮质，看颜色也看不出来，他还没那功力。但在画像的左下角，隐隐约约有一行斜着往下写的字母，更多的字母被相框压住了。这些字母可能就是作者的名字。

他观察了好一会儿，越看越认为这是一个好东西，是值钱货。打麻将的时候，他几次下意识地抬头去看。圣人凝视着他们，目光严厉。其他几人没注意这幅画像，心思全在麻将上。尼玛觉得东周也许不知道画像的真正价值，不然就不会挂在这里了。

尼玛几次想问问这画像的来历，最终还是没开口。

他把心思收回到麻将上。他们在调侃查拉，因为他跟一个本村的女人好上了。那个女人的丈夫是上门女婿，他们几乎没见过。查拉说那人一年回两次“娘家”，一次去半年。

“估计那个家伙在那边也有个家，但看着不像，很老实的样子。”

“人不可貌相，海水不可斗量。越是看着老实的人越有鬼，大部分老实都是装的。”尼玛说。

“就是，现在哪有老实人，男人女人都没有，全是多面手，就像那天的那个女人。”东周深有感触地说，“我根本没认出来。”

“一个羊羔你不好好认它三四遍就等于丢了它，一个人你不好好交流几回就等于不认识他。”

查拉说 :“在很早以前人就这样，一直都没变。”

东周说 :“你就不怕你那位在你背后也有一套吗?”

“她不是那种人，我知道。”

“你知道的是你知道的那一面，”背耳朵说，“你不知道的是你没见过的那一面。”

“我活了四十年，难道一点看人的本事没有吗?”

“但我估计像那个女人那样的人还是很少的。”

东周说的那个女人，是他在理发店认识的，长得还算漂亮，说话规规矩矩，一副挺正经的样子。东周显然一见面便有了想法，他们看出来了，也没有故意捣乱。但东周还没有付诸行动，他们就又在酒吧看见她了，这回她完全是另一个人，和一帮人玩，后来不知怎的和服务员吵起来，几句话就大打出手，又狠又准，又喊又叫，让他们好好见识了什么是悍妇。他们谁也没有见过那样的女人，一时间看傻了。至于查拉的那个情人，要不是一个偶然的机会，他们都不知道这件事，他隐藏得太深了。直到他们把他的手机抢了，找出两人聊天的语音，他才承认。

“查拉，你陪我去一趟祁连县吧？”

“好啊，好久没去了。听说那条河今年修桥了。”

“去年我的小命差点留在那里。”东周心有余悸地说，“你说洪水为啥连一点声音没有就突然到来了？这不科学。我们一点动静都没听见。”

“啥科学不科学，声音肯定有，但那会儿河水的声音加上羊群乱喊，能听见才怪。”查拉说，“我们是被老天照顾，差一点就被冲走了，哎呀呀……”

“破财消灾，十六只羊挡住了我们的灾难。”

“我刚一转头，那些羊已经连影子都没有了，你说那水有多快？”尼玛说，“那水碰了我一下，腿子就烂了一块，你说有多厉害。”

“要不是我拉一把，你也没有了。”查拉说。

“不可能，我那会儿已经上岸了，一条腿踩到石头上了。不管怎么说，以后我们还是要小心一些。”

房间里冷得要人命，越来越冷。炉子只是象征性地燃烧一下后就灭了，他们挖苦东周，说他是故意的，而且也不高明，怕老婆，对朋友不讲义气……东周偶尔反驳两句，丝毫不以为意。

到了十二点，他们实在冻得不行了，只好散场。这是他们散得最早的一次。

7

早晨，尼玛把皇冠倒出车库，又开始擦拭起来。他先擦车里面，用的是柔软的纯棉灰布。车里很干净，但他还是一丝不苟地不放过任何一处凹缝，擦到几乎连一点灰尘都看不见，要在一个灰头土脸的地方做到这地步，实在不容易，这是他对自己满意的地方之一。外面用擦车布擦一遍，然后用更大的纯棉毛巾，这种毛巾容易吸土，擦拭得更干净。完成一套程序花了他二十分钟。整部车内里整洁，外表光鲜，有时间打磨过的光泽，特别耐看。

尼玛欣赏了一会儿，进屋去换衣服。

去找杨春君是尼玛早就想好的，并且打电话约定在西海镇杨春君的特产店见面。和杨春君认识是因为虫草。尼玛挖虫草有十来年了，早些年他的虫草都卖给来到山里的草贩子，价格他们说了算，有时候他们看人看质量看条件定价格，总之尼玛比较吃亏。尼玛开始自己找销路，于是找到杨春君。杨春君给的价格是公道的，但要求不能有品相不好的虫草。尼玛一口答应。他从别的挖草人那里收购虫草，和自己挖的一起拿给杨春君，杨春君挑剩下的他再卖给小贩子，虽然小贩子那里价钱极低，但总的来说还是划算。唯一的遗憾是杨春君要的数量有限。

尼玛和杨春君现在已经是好朋友了，虫草的生意双方都做得放心满意。尼玛知道杨春君有收藏古董的爱好。他见过杨春君收藏的几块印章，还有一副藏式的观赏度并不高的项链首饰，杨春君说都是好东西，少见。收藏需要学问，需要很多相关的知识，所以杨春君的家里有四个大书柜，全是收藏方面的书籍。尼玛看过，看得他头晕，很佩服杨春君的精神。他以前可从来没看过这方面的书，他那同样捣弄古董的舅舅也没要求他看。现在他想起来，舅舅从第一年开始就已经看穿了他，放弃对他的培养了，所以他才能够在两年后如释重负地离开舅舅。

杨春君的“藏·世界”特产店开在步行街，对面是一家网吧，以前尼玛在这家网吧待过不少时间，他不玩游戏，不勾搭妹子聊天，只看电影。他看过几千上万部电影，从港片一直看到奥斯卡，看到欧洲艺术电影，越看越有水平了。现在网吧已经濒临破产，几乎没有人去了。尼玛也有四五年没再进去过，自从可以在手机上、电视上看电影后，他再没踏足此处。

杨春君不在，他那个打扮很精致的老婆林若淼坐在柜台后面玩手机。

“跟谁聊天呢，这么开心？”尼玛开玩笑说，“你的小情人吗？”

“我的小情人不是你吗？”林若淼说，“你怎么才来，你这个没良心的。”

“我这不是来了吗，快亲一个。”他朝她走过去，作势要捉她的手。

林若淼往后缩身子，连声告饶，但尼玛还是得逞了。她的手又小又白，握在手里绵绵的。这和康姐的手形成鲜明对比，他舍不得放开了。

“有人来了。”

尼玛立刻站直了身子，看着她奸计成功的笑脸。

“我妈妈告诉我，越是漂亮的女人越会骗人。”这是李连杰的电影《倚天屠龙记之魔教教主》中的一句台词。一部他看过很多遍的电影。

“我骗你什么了？”

“骗我对你产生了好感。”

“这么说，以前都是恶感喽。”

“以前没有感觉。”

“那是因为我不漂亮，遇到很漂亮的，你会有感觉的。”

“是因为你以前根本不搭理我。”

“呵，那么大的怨气，但你要讲良心啊，我什么时候那样了？”

“你表面上很礼貌，但心里不是的。”

“哦，反正怎么都是错的，是吧？那现在呢？”

“你真心诚意面对我，我就感觉到了。”

“感觉到什么了？”

“我的心向你那里去了。”

林若淼移开对视的目光：“你好久不来了，忙什么呢？”

尼玛看着她，突然有些紧张，却更觉得快乐，这让他大吃一惊，结结巴巴地说：“哦，哦，那个，我来找杨哥。”

“他去库房取东西了，你先坐，你喝什么茶？”

“什么都行。”他目不转睛地看她。她转过身去时，身材之曼妙，动作之优雅，再度冲击了他心房。他好像怦然心动了，羞涩地低下头，以成年人的理智来抵挡突如其来的荒唐冲动。但一点没用，成年人的某些地方一旦失守，便是灾难。于是他绝望又期待的情绪蔓延开来，林若淼说了什么他都没听清楚。

“哦，你说什么？”

“喝点菊花茶吧。”她背对着他说。

“嗯嗯，你说喝什么就喝什么。”

林若淼扑哧笑了，他也呵呵笑。

“最近生意怎么样？”尼玛找话说，“整个镇子上只有你的店生意最好。”

“不成的，现在一天下来有时候连成本都顾不到，越来越难做了。”

“再过一个月就好了，旅游季节你们这种店是最赚钱的，现在赚不到钱的是我们放牧的，成本太高了。你知道吗？我从来不敢算人工，因为一旦认真算了，我就是赔钱的。”

“是吗？”林若淼吃惊地说，“我还羡慕你呢，既自由又快活，应该没那么严重吧？”

“牛羊的价格变动就像股票一样，而我总是碰不到行情最好的时候，所以我一直没在牛羊上赚到什么钱，只能勉强糊口。”

“那你换个事情做也可以的呀。”

“做什么呢？我什么都不会，而且太善良了，容易被人欺负。”

“你善良？”林若淼故意斜眼觑他，“我可没看出来。”

“真的。我觉得我心太软，有时候又犯傻，总之不精明。”

“善良有什么不好，善良的人谁都愿意交往，愿意真心对待。”

尼玛感到浑身暖呼呼的，脸上泛着柔和的光泽，温柔地看着她说：“是的，是的，如果世界上只需要一种品质，那就是善良。”

林若淼红着脸，抚着额头坐回柜台后面。

“你怎么了？”

“昨晚和两个闺蜜唱歌，被灌酒了，现在头晕又难受。”

“哎呀，喝了很多吗？你应该喝点牛奶。”

“我喝了六七杯。我从来不喝酒的。”

“那没事，很快就好了。只有连喝三天酒，你才知道什么是喝酒。”尼玛豪气地说。

“真不明白酒有什么好喝的，一点都不好玩。”

“只有男人才明白酒是什么东西，你们女人不会明白的。”

“不过有时候，我觉得你们男人喝酒还是很有意思的。”

“要不哪天我们喝点？你可以喝红酒，随意喝。”

“好啊。”她看了眼窗外，“他来了。”

8

杨春君推门进来了，看到尼玛时爽朗一笑：“我以为你下午才到呢，东西拿来了吗？”

尼玛心虚地站起来，过去握手。他借着从车里取麻将的机会平缓了情绪，提着灰色布袋子回到店里。

“你看看。”他坐在刚才的位置上，下意识地端起茶杯。他发现茶杯是满的，他记不起来是新添的茶还是他根本就没喝。他抬眼瞄了一眼林若淼，她正在看他。两人不自然地分开目光。

杨春君专心致志地摸着麻将，翻来覆去地观察，又将麻将倒在桌子上，检查了每一张。“这是象牙。”

尽管尼玛抱有幻想，但自从来到这里，和林若淼交谈心里感到欢喜后，他已经把这事挤到一边去了。现在杨春君这么一说，他顿时一激灵：“象牙麻将？”

“绝对错不了。”

“象牙……可这不是我的……别人抵押给我的，值多少钱?”

“不是你的？那就想办法弄到手。”杨春君拍着尼玛的肩膀说，“你知道这有多值钱吗？我不瞒你，我可以给你这个数。”他伸出一个手掌。

“五万?”

“对，五万。只要你弄到手再卖给我，我出五万。”杨春君严厉地盯着尼玛，一字一句地问，“能到手吧?”

尼玛脑子一团乱，他摇摇头。

“为什么不能？不是已经抵押给你了吗？你想办法买下来。”

尼玛将他和东周之间的事情一五一十说出来。杨春君明显松了口气，紧绷着的表情缓和了:“这就好办了。咱们编一个故事，你按照计划做。首先不能说是象牙，但也不能说是不值钱的东西，要弄成一个既值几个钱又比较一般的东西……这样……”

“好，好，”尼玛一个劲儿点头答应，“你什么时候来?”

“夜长梦多，我下午四点到你家，你先回去。我们不能一起去，要谨慎。把他叫到你家里来，用一个有力的借口，但不能提到麻将，然后你……然后我给你打电话，就说来聊天什么的，总之不能让他怀疑，这样效果刚刚好，因为他在场最好。”

尼玛想了想说:“我回去先给他打电话，然后通知你，你再给我打电话。”

“好，就这么办，你快回去，麻将拿回去，好好装起来，不要露出破绽。”

尼玛迷迷糊糊地坐上车，他这会儿呼吸困难，有一道念头穿梭在脑际，他不敢截住它，因为他知道那是什么。那是一道关乎道德和情意的念头。这么做，等同于出卖兄弟，等同于出卖灵魂。他不敢想。他盯着方向盘上皇冠的标志，抚摸着它，发动引擎，音乐响起。他强迫自己思考该怎么做这件事。

到家后，他给东周打电话，说一起去乡里。

“什么时候？”

“现在就去，你过来。”尼玛以为自己会紧张，但没有。他很自然地说：“你把麻将拿过来，今晚在我家玩。”

“行，知道了。”

“你们玩得也太频繁了。”康姐很不高兴地说。

“有吗？我们好几天才玩一次。”

“可一玩就是一个晚上。”

“通宵只是个别时候，怎么，没有我的晚上你睡不着觉？”

康姐怒斥道：“没皮没脸！”

9

从乡里返回的路上，杨春君打来电话，他们很巧妙地把话头转到麻将上。于是尼玛说有一副麻将，你来看看值不值钱。尼玛说着看向东周，东周一个劲点头。东周问杨春君是干什么的，尼玛说是做古董生意的。东周说几十年做一件事，那一定很高明了。

杨春君到来后，东周热情地做自我介绍，并催促尼玛把麻将拿来。

“我觉得这副麻将很有点看头。”东周斟酌着说，然后看着尼玛。尼玛表现出肯定的神色：“不错，这副麻将一看就不是一般的东西。”

“只要是好东西，我就要，也给好价钱。”

“正因为相信你，我们才请你过来看看。”

“这是什么？”杨春君看着脏兮兮的布袋子，仿佛第一次见到它。

东周嗯了一声，打了个哈哈：“这里面可有好东西。”

“是不是好东西看过才知道。”杨春君冷冰冰地说，“东西看上眼了，咱们就谈买卖，不谈情义。”

东周把麻将倒在炕上。杨春君拿起一张。

“骨头？”他煞有介事地端详着，“这东西，马马虎虎……什么骨头……勉勉强强……算了……”

“是什么？”东周抚摸着麻将。

“这是骨头，我刚才说了，是一种动物骨头，是什么动物我还不知道。”

“是大象骨头吧？”

“嚯，那又怎样，值钱吗？”

“我想应该值钱。”

“你想没用，因为大象骨头也不值钱，而且这也不是大象骨头。”

“那是什么骨头？”

“我说了，我也不知道。但不是象骨更不是虎骨。”

东周有点不高兴地说：“这么说，你也不认识？说不定是更好的东西。”

“这是一种被什么油浸泡过的骨头。”

尼玛很负责地问：“这东西是什么年代的？”

“大概二十世纪六七十年代的吧，看样子最老就是那时候的，再久一些品相不会这么好，毕竟时间的杀伤力太厉害。但你们看，这副麻将一张破损的都没有，我猜这里面有化学成分，不然不会这样，一般的骨头都会有裂缝什么的。”

“那你出多少钱？”东周已经没有耐心了。

杨春君遭受打击似的叹息道：“我不要行不行，我怕砸在手里。”

尼玛说：“他最近急着用钱，抱有很大希望。”

“东西……算了，我要了，你打算卖多少钱？”

“我不知道，你说个数。”

杨春君再次拿起麻将，一张一张仔细看，一边看一边轻声嘀咕。他看了十来分钟，这期间康姐看完牛回来了。她烧茶的时候用眼神示意尼玛，尼玛跟着出去。

“买了吗？”

“还没有，杨春君并不想要，正在看呢。”尼玛撒谎道，“应该值不了几个钱。”

康姐理所应当地说：“尽干这些不靠谱的事，我那个妹妹也真是……今年不管你用什么办法，都要把钱要回来，我们已经够困难了，你还往外借钱。”

“你放心，我会要回来的，但我担心你妹妹跑来跟你求情。”

“困难人人都有，得自己想办法，我有一大堆理由拒绝她。”

“那就好。”

10

杨春君和东周成交了。双方都很愉快。

“我拿去闯一闯，这种事不是第一次干了，你嫂子总是埋怨我不知谨慎，但我天性如此，改不了的。”

尼玛心中一动，林若淼在眼前一晃而过，他说：“你们买卖成交是好事情，但我要说，你们都是我朋友，可不能事后抱怨，现在就考虑好，一旦出了这个门，就不要反悔。”

东周心情很好，笑呵呵地说："嘴上有胡子，心里有把握，我知道自己在干什么，尼玛放心吧。"

"我就不用你操心了，我不会现在就出手，我先收藏着，总有更值钱的一天，到时候东周你成了大富豪，我再高价卖给你。"杨春君像是对东周开玩笑地说。

"哈哈，好，真有那一天我高价收回来。"

杨春君说还要赶在下班前去财务局报税。他走之前两次和东周握手，说以后多交流。

东周当场把钱交给尼玛，但剩下那两万块还要等到十月份。

"你晚上早点过来。"尼玛说。

"我圈好羊就过来。"

东周走了后，尼玛站在屋里，思绪翻飞。康姐背着一袋子羊粪砖进来："茶壶的水都烧干了你看不见吗？"

"我没留意。"尼玛说，"之前借的一万他还回来了。"

"那麻将这么值钱？"

"也许更值钱呢。"尼玛说。他看看手表，觉得可以去赶羊了。羊饮完水，他还要给种羊喂饲料，种羊吃完饲料还要饮水。他将羊群里的十一只种羊和羊群分开，单独饲养，每天喂两顿种羊专用饲料。再过一段时间，羊羔断完奶，母羊体质上去了，就可以把种羊放归羊群。它们会急不可耐地冲向发情的母羊，这是第一波，也是最集中的一波。之后种羊也乏了，不再那么频繁地跳上母羊的脊背，一只母羊都可以纠缠好几天。从这些种羊中尼玛发现，种羊交配的能力和体质没有关系，而和品种有关系，正宗的藏系种羊就是比其他的品种强大，这也坚定了他一直以来养藏系羊的想法。

晚上，康姐实验性地做了干锅土豆片，和饭馆里的不一样，但格外好吃。尼玛很高兴，说了些肉麻的情话。康姐表示受不了："你现在越来越下流了。"

"两口子之间哪有什么下流，这是情趣。"

"你在外面也这样？"

"开玩笑，一般女人我能看上眼才怪。"

"那不一般的呢？"

"问题就是没有不一般的。那句话怎么说来着：好看的皮囊千篇一律，可爱的灵魂万里挑一。"

"算了吧，你们男人会在乎灵魂？见到长得好看的就跟公狗一样。"

"咱们不说这些，说点别的。"

尼玛再三斟酌过后，决定把这件事情告诉康姐。即便现在不说，很快她也会知道的，他可不想她从别人口中得知。"我告诉你一件事情。"

康姐马上察觉到尼玛的严肃，紧张地看着他。

"那副麻将，"尼玛停顿了一下，"其实不只值一万，是值五万。我和杨春君设计了东周……所以我们现在已经在麻将上赚了四万块钱。”尼玛这时候才激动起来，仿佛刚刚意识到发财了。他总有一种不真实感，但一把话说出来，他便明白了，是真的发财了。

康姐很平静地说：“我们从东周手里骗了四万？”

“不是骗，是生意。”尼玛纠正道，“生意就是这样，讲究你情我愿。东周很满意。”

康姐大声问道：“反正就是我们有四万块钱了？”

“是啊，明天我就去取回来。我和杨春君今天早上商量的，这笔买卖成了，他出五万。”

“那另一万呢？”

“给了东周啊。”

“他应该把东周的钱出了，然后给我们五万，你们不是说好的吗？”

尼玛觉得有道理：“我跟他商量商量，我们当时还没有说到这些具体的事，只是商量怎么把麻将弄到手。”

“你要好好跟杨春君讨价还价，实在不行就威胁他。”

“男人说的话，一口唾沫一个钉子，我才不干那种丢脸的事。”

“你想想，多争取一点是一点，拿钱——”

“你别说了，反正我绝不那么干。”尼玛斩钉截铁地说。

康姐也没有再坚持，但还是不甘心，小声嘀咕着一万块钱可以多买几只羊回来。

“这件事，你之前没跟我说过。”她说。

11

这辆高瓦斯山地摩托车成为尼玛的心爱之物。尽管每天都骑，风里来雪里去，担负重任，但它被保养得极好，两千公里不到就换了一次润滑油和滤芯，尼玛还给齿轮上过五次油，松紧时常调节，就怕伤着了它。

现在他的想法已经变了，计划没有变化快。买它的时候，尼玛最强大最安心的理由是夏天可以载客赚取生活费用，但如今不用了。他轻轻松松地赚了四万块，完全没有必要去干这种伺候人的营生。他把输掉的亏空补回来了，所以他很高兴。

暂时不用为钱发愁，他的心思就转移到了林若淼身上：她在干什么呢？他有点胆战心惊，这是在玩火。但心底有另一股十分强大、蠢蠢欲动的力量，他压制不住，即便是犯了毒瘾的人，也不过如此吧。

尼玛发现自己的自控力越来越差了，在打麻将上体现得尤为显著。他想戒但戒不掉。每次输钱，他都下定决心再也不玩，骂自己，就差发誓了。但他不敢发誓，因为他知道自己总会破掉誓言，那样不好。所以他不发誓，打自己耳光。没有人的时候，深夜里，凌晨回家的时候，他坐在皇冠车里抽自己。车里那么干净那么温馨，他有一种极不真实的荒诞感。

可他还是会玩，他们也会。他们也上了瘾，但都不承认。他们还在欺骗自己，那天东周说什么这只是一种爱好。爱好？太可笑了。他瞧不起东周，因为他连承认的勇气都没有。查拉呢？他自己说从麻将传到草原传到牧场就学会了，他几乎看了一遍就学会了。他已经玩了近三十年，比起以前，他现在的兴头确实淡了，以前他可以连着两天两夜不睡觉地玩，到最后都恍惚了，好像一会儿睡着了一会儿醒着。

尼玛身上的赌性顽强而活跃，而现在，他还有色欲了。色欲不是刚出现的，它一直在，只需要被激发出来。果然，尼玛觉得刺激、兴奋，比打麻将更上瘾。

他像一团火，需要借助麻将消消火，需要借助康姐消消火。生理的火可以消灭，可心理的呢？尼玛对林若淼的那团情欲之火，康姐可消灭不了。

他脑子里一团乱麻。

12

“后来，她去了水不多、烧柴也不多的地方，就变了个法子，她开始用雪来洗澡了。听说她的皮肤那么硬，就是用雪搓了的缘故。”孟克一边打牌，一边煞有介事地说。

“你摸过她？这么说，你早就和她有关系了？”查拉不相信地说，“我怎么听说她不是那种人。”

“女人不能猜量，海水不可斗量。”

他们打麻将快三个小时了，正是火热的时候，却不知怎的说起了那个热爱洗澡的女人。那个女人在他们这里被叫作“泡水女子”。是尼玛起的绰号，后来变成“水汤”，这个词既有柔情似水的意思，也有水性杨花的意思。她本名叫云措卓玛，孟克和她有点关系，是他在一次婚宴上结识的“妹妹”，两人加了微信。他说他只在无聊或心血来潮的时候才联系一下。他们聊她聊得起劲，但尼玛顾不上，心情十分不好。他又输了一千多块钱，被他们三人瓜分。前天晚上在家里玩他也输了一千多，他懊恼、愤恨、沮丧，一股暴虐的情绪无处发泄，他重重地将一张一饼拍在桌上。

“尼玛输急眼了。”东周幸灾乐祸地说。尼玛看了眼东周，心情变好些了。既然平白无故地赚了几万块钱，那么适当输出去一些很合理，相当于破财消灾。

“才输了多少，急什么眼？”查拉说，“再说，输给我们等于输给了将来的自己，反正总有一天你会赢回去。”

“我才不在乎。”尼玛说，“我心里有事。”

“什么事，说出来我们参谋参谋。”

“我面临一个艰难选择。”

“选择是生活的门。”孟克说，“对不好的事所有人都选择短暂或长久地看不见，直到非看不可的那一天，因为凡是看见的，都会沾染因果，这些因果很大一部分本身就不是他的。我看你还没到那一步，你最近运气不错。”孟克人生经历丰富，这儿那儿的学了不少怪道理，爱说上几句，久而久之，居然显得很有智慧。但尼玛现在若刨根问底，他保准哑口无言恼羞成怒。

“我选择的艰难在于良心。”

“良心是春天的枯草，不用折，踩一踩就断了。”孟克说道，“良心专门往人多的地方跑，像个墙头草。”

“你倒是说说，你遇到啥问题了？”东周问。

尼玛暗暗冷笑。我是去偷你的东西，这能告诉你吗？

“我在考虑出轨，但良心受到谴责。而且，我这次，很有可能会动情。”想到林若淼，尼玛语不惊人死不休地说，“我怕我一旦动情，将不可收拾。”

他们看着尼玛。

“我快有外遇了。”

“什么叫快有了？”

“因为我知道会有了。”

“就是说你还没有？”东周说。

孟克很感兴趣，追问更多细节。尼玛再不肯多说一个字，他的目的达到了，但他更担忧了。把这件事说出来他是经过考虑的，一方面用以约束自己，还有什么比“所有人都知道你会去干坏事”更可怕呢？另一方面，是为了证实自己的猜测：有些事，只有大庭广众下说出来才会有更直观的感受。他是对的，刚才说这番话时，自己内心的波动他看得明明白白的。

“至于是谁，你们就没有必要知道了。”

“身有向往，心有感知。你已经预感到危险了，”孟克乐了，“却欲罢不能。”

“是的。”

“不要沮丧，这是正常的。男人是什么？男人是酒囊饭袋，男人是花花肠子，男人色欲熏心，男人喜新厌旧……世上没有跳出这个圈子的男人。”孟克说，“不要一副很痛苦的样子，如果你真的痛苦，你就不能容忍自己活着，因为活下去才是真的痛苦。”

又过了三圈，尼玛还是一把没胡，他突然意识到今晚自己没开胡。

“我到现在都没开胡。”他说。

“是吗？”查拉疑惑地说，“我怎么觉得你胡了好几把。”

“都是杠，我用杠活人。”

“那也不错，你好几个暗杠。”东周说，“我一晚上没有一个暗杠。你厉害，又是刮风又是下雨，还一明一暗一闪电！”

“就那一次，查拉可是连着两把七对。”

“都一样啊，反正都是翻倍，我俩惨了。”

“这次我会开胡。”尼玛气势汹汹地去摸牌。他上手五对牌，现在三摸一即可听牌。七对啊，一旦胡了翻一倍。他有些紧张。

“你听牌了？”他问查拉。

“上手听。”

尼玛摸了一张五条，一阵欢心：“我也听了。”

“你听哪儿了？”查拉猜测，“五八条？”

“你听哪儿了？”

“三六筒。”

“那你悬了，三六筒我拿着三张。”

尼玛摸了一张四筒，只要再摸一张五筒就胡了。但四筒同样不错，锅里出来的牌一目了然，加上他的判断，至少还有两张五筒和两张四筒。查拉有一张五筒一张四筒，尼玛问他：“你有几张四筒？”

查拉说：“你管得着吗？快出牌。”

尼玛纠结着，寻找直觉。他们一个劲儿地催他。

尼玛打了四筒。

“我知道了，他胡的是五筒。”东周说，“你肯定是七对。”

“如果是七对，这次五筒不错。”孟克说。

东周也说：“不错，这次五筒有戏。”

尼玛心里一松，看来自己的判断没错。

牌一张张打出去，每一次尼玛都满怀希望地去摸牌，又失望地打出去。五筒始终没有出现。当最后一张牌被孟克摸走后，尼玛知道这一把黄了。东周哈哈大笑，得意地亮出两张五筒。他们幸灾乐祸地笑着。尼玛气得眼前发昏，这一刻他恨不得杀死东周。他低头搓动麻将，用尴尬的笑来掩饰，身体却在颤抖。

13

尼玛终于找到了林若淼的微信。“咖啡与香烟的爱情”，林若淼的微信昵称。头像就是她本人，半身照。长发从肩头搭下来，穿着白色毛衣，有一点妩媚和诱惑。她故意摆出这副勾引人的样子。

他给她发了信息：嗨！

她秒回：？你是……

我尼玛。

信息发出后尼玛又觉得不妥，现在他的名字成了一种流行脏话。

果然，林若淼发来六个捂着嘴笑的表情。

尼玛：躺着中枪，我招谁惹谁了？

林若淼：你的名字其实挺好。她又来了一波表情，有大笑有偷笑有傻笑。

尼玛：别笑，小心我收拾你。

林若淼：你怎么收拾？

尼玛：直接摁倒……

林若淼：流氓……下流！

尼玛：男人不坏女人……

林若淼：你们男人是不是特别得意？

尼玛：没有，怎么会？我是十分得意。

林若淼：流氓。

尼玛：我怎么你了你骂我流氓？

林若淼：你的意思是你想怎么我？

尼玛：这话我没法接。

林若淼：按心里的想法接啊。

尼玛：那我说了，你可别生气。

林若淼：说。

尼玛：林若淼？

林若淼：干吗？

尼玛：我喜欢你！

这次她大概十多分钟后才回复：早干吗去了？

尼玛：早先没有发现我自己内心的真实感受，是我心蒙尘了。

林若淼：现在呢？

尼玛：现在亡羊补牢为时不晚。对于美的追求，永远不会晚。

林若淼：你打算追求我？

尼玛：我正在追求你。

林若淼：这是没有温度的。

尼玛：我等会儿到镇上办事，你在店里吗？

林若淼：我永远都在。

尼玛：杨春君哥呢？

林若淼：你哥去西宁了，你嫂子守店。

尼玛：嫂嫂受苦了，请受小弟一拜！

林若淼：叔叔不要这样，请到店里来拜。

尼玛：嫂嫂莫要心慌，我这就启程。

林若淼：滚！流氓！

尼玛：嫂嫂你何故伤我的心？

林若淼：叔叔你动机不纯，妾身害怕。

尼玛：嫂嫂莫要害怕，叔叔是好人！

……

尼玛撒谎说去修车。

只要是正事，康姐从来不反对。她正在砸羊粪砖，把自己搞得灰头土脸。尼玛不由自主地把她和林若淼做比较，顿时感到羞耻，骂自己不是东西。

他要帮康姐把那一袋子粪砖背回家。康姐不让。

“出门不收拾好自己，是最没有礼貌的。”

“好了好了，我知道了。”尼玛打断她说，“你早点收羊。”

“去去去，别管我。”

尼玛紧张中带着刺激，一路幻想着到了镇上，在步行街对面停了车。他出了一身汗，几乎有转身而逃的冲动。尼玛磨蹭了一会儿才进店，一进去就看见林若淼眼中噙满泪水看着他。

“你作为我们的朋友，居然这样欺负我，你太不像话……”

尼玛怔怔地呆住，她巨大的反差让他有了上当受骗的感觉，但接着他意识到不是这样的，她的神情不是假的。

林若淼倔强地不让泪水流出来：“你说话呀，你怎么不说话？你来干什么？”

“我……”尼玛张张嘴，吞进去一口空气，“我来拿钱。”

“钱？什么钱？找你杨春君哥要去。”

“他不在。”

“那你回去，等他回来。”

“他什么时候回来？”

“他的事我不知道。”

“那我坐一会儿就走。”尼玛坐到那天的那个位置上，林若淼面无表情地泡了茶给他。这时进来一位顾客，买了些红枸杞和鹿茸，走了。店里再次安静下来，外面的街道上也没有多少人。阳光从交警队招待所顶楼上照射到街面，反着光。是该说点什么，说什么呢？他再次看向林若淼，她已经转到柜台里面去了。为了掩饰自己的尴尬，他只好不停地喝茶。一杯茶水很快喝完，他只好放下杯子，盯着桌面上的木头纹路。

“你不打算说点什么？”

“啊？”

“微信里你不是很能说吗？”

“我怕你生气。”

“我已经很生气了。”

“我没开玩笑。”

“你难道没有脑子，不想想后果？”

“心已向往，在所不惜！”

“哼，还显得挺有文化。”

“我有点文化。”

“有多少？”

“反正在我们那里，比大部分人懂得多。”

“吹牛吧？怎么可能呢？年龄大的虽然不是很有文化，但见识比你多得多。”

“我们现在说的是文化。”

“我觉得见识和阅历也是文化啊。”

“那……那也没错。”

“所以你在吹牛。”

“你故意气我呢。”

“是啊。”

“我就是来看看你。”

“我没什么好看的。”

“你特别好看。”

“比你媳妇好看？”

尼玛犹豫了。

“口是心非。”

“你故意刁难，我怎么说都是错的。”

“看样子你很有经验。”

尼玛痛苦得直挠头。林若淼得意地看着他，非常满意自己的攻击。

尼玛下意识地拿起空杯子，倒进嘴里一些茶叶。林若淼笑嘻嘻地给他添了茶水。

“喝了这杯茶，你回去吧。”林若淼轻声说，“你应该好好想想。”

尼玛飞快地离开了那里。

快到家的时候，林若淼发来微信：你到了吗？

还没有。

到了再回，开车发信息不安全。

我到了。

方便吗？不方便我就不发了。

方便。

今天我对不起你。

说对不起的应该是我，我们认识这么久了，但都没有好好了解过，你是青海人吗？我怎么感觉不像呢？

祖籍是河南信阳的，十五年前来到这里。

那你的青海话说得特别好。

准确来说是二十年，中间有两年我离开了。

那你为什么来青海呢？二十年前你十几岁吧？

就是跟他来这里，然后一直没离开。

你什么时候结的婚呀？

十九岁。

那么早啊，你早恋。

父亲去世得早，我十九岁就结婚了。结婚之前我没见过他，也不了解他的家庭。

还是生活所迫呀！包办婚姻，你真不幸。

在他家里我永远是外人。

尼玛送出了一枝玫瑰花表情。

送真的，表情不算。

那可了不得。哈哈。

笑什么呀？是笑我揣着明白当糊涂吗？

没有没有。

那你先忙吧，有人来了。

好。

14

尼玛又输掉了两万元。就好像老天爷看见他发了一笔财，又不想让他发财。那笔钱的一半就如此轻易地没了。

他想把这笔钱补回来，很自然地想到了那幅画像。他开始策划谋算，又引导大家到东周家玩了一个通宵，尼玛依然输了，他表现得很懊恼，但心里没有。他留意东周家的布局，重点关注了门窗，借上厕所的机会将外面的布局仔仔细细地侦察了一遍。

这里他不陌生，但毕竟不是自己家，夜晚更容易出错。他在脑子里策划了方案，不怎么完美，需要不断调整，但只要计划得当，把画偷出来并不困难。困难的是怎么把画卖出去。目前看来，他只能找杨春君，但他不太愿意去找他。

尼玛感到别扭是因为林若淼，钱也抵消不了这种不舒服。但是他好像只能把东西给杨春君。要是舅舅还在世，或者从前他花些心思建立了这方面的关系就好了。可惜。

他对偷画这件事本身并没有多大的抵触，人为财死鸟为食亡。他只是对画中的人感到害怕，心里有点难过。他尽量不去想可能会出现的糟糕的后果。

怎么进去，怎么撤退，怎么藏画……每一个细节他都推敲好多遍。推敲是有用的，他发现了些问题，比如一个很重要的细节：东周家后面的冰面现在全部消融了，他如果从那儿过去或撤退，会留下脚印。一个清晰的脚印就能毁了他。到了这会儿，他还是没意识到自己是打算去犯罪。

尼玛不想再拖延，越拖会越困难。而且这次的机会也很好，他不想错过。吃了饭，尼玛说去姐姐家。他离开家的时候是八点半，天黑得很浓郁，有一股湿润的气息，估计要下雪了。车从门前冻裂的硬化路面驶过，冲上高高的柏油马路，他情绪激动，双手紧紧地握住方向盘，大声喊出来让自己平静。第一次干这种事情他当然害怕，因为他从来不是一个偷鸡摸狗的人。

他去姐姐家是真的，这是不能节省的环节，他要伪造一个有"证人"的现场。他把作案的时间严格锁定在十分钟之内，如果顺利的话，五分钟就成。他在从姐姐家回来的路上用几分钟完成任务，很合理的时间。

姐夫年忠红刚刚喂完牛，站在门口用牛尾巴弹身上的灰尘。他家住在阿布达拉的一个小山沟里，只有两户人家，前后都是洪水冲击形成的沟壑。这里基本没有网络信号，他们的手机已经适应并能积极搜寻网络信号，尽管信号不是很强但勉强可以上网。可外来的手机就不成，贸然来到这里，别说上网，有时候连电话都打不出去。姐夫喂了六十头三岁小公牛，圈养喂饲料，已经三个月了，正常的饲养周期是六到八个月，但姐夫不打算喂那么长时间。

“划不来，一点儿划不来。”他说，“料的价格高，成本高，再说钱也周转不开，划不来。我看着价格差不多就卖掉。”

“你卖多少啊？”

“六千多块钱能卖吧？”

“我也不知道，不过牛价一直稳定，应该没问题。”

姐姐杨措在做饭。姐姐嫁过来十五年了，脾气还是那么急躁，也就姐夫还能忍受。尼玛跟康姐说，要是我，早就撂挑子了。康姐说那是因为你不很爱我。

他在姐姐家坐了一个多小时，告辞离开。

15

拐向东周家的小路后，再往里开了一会儿，尼玛停车熄火，下车走了几百米。周围一片静谧，风吹得起劲。他看了看手机，十一点过十分。看着手机他突然吓出冷汗，关手机这么重要的事情，他竟然忘了，一旦手机响了怎么办？寒风使他发抖，但到了这一步，他豁出去的狠劲也来了，冷静地从东周家开在旁边的小门里进去，他专门走不会留下脚印的水泥地面。东周的父亲是这一带第一个砌起院子、安装大门的人，也是第一个不住蒙古包改住活动式帐篷的人，更是第一个骑上摩托车、把蒙古包拆了做马垫子和其他东西的人。那时候尼玛常听人们议论他的败家。蒙古包是他家一代代传下来的，却被他随意拆了。人们议论那顶毡包有多么好，骨架子是什么木头，毡是怎么做出来的……都是最好的，东周的父亲却不懂珍惜，像废品一样处理掉了。

厨房那边一片漆黑。他特意挑选东周不在家的日子。东周去海南州装牛去了，没有三五天回不来。他猫着腰，贴着墙悄悄地往封闭式的门那里挪动。眼睛适应了黑夜，他看清大门是锁着的，院子里停放着一辆摩托车和一辆架子车，架子车里装了半车炉灰，跟他家的一样，等车一满，就拉出去倒掉。他的手已经摸到门把手上，这扇门他研究过，要先往上提，再推，这样就不会发出声音。这会儿他开始紧张了，提起来门没有马上推，而是等了一会儿，仿佛不这样做就会被自己的耳朵骗了似的。他第二次开始往上提门时，耳朵里出现了一些声音，不是铁和水泥砖头之类的声音，是人的声音。他僵住了。

声音是从厨房里传出来的，牧区的厨房与卧室是一体的。先是女声，像吐出最后一口气的骆驼一样又细又长，接着是男人吭出来的声音。他立刻知道他们在干什么。可是东周……不是东周……他差点笑出来。珍珍在和情人幽会。尼玛幸灾乐祸之后才开始震惊，一向寡言寡语，和异性话都不说的珍珍竟然有情人！这让尼玛好奇难耐，朝厨房窗户走去。

他找了一个适合的位置听了十分钟，两个人很快活。尼玛没听出来男人是谁。他蹲在那里好几分钟，差点忘了正事。

尼玛进去后重新把门关上，以防他们出来上厕所时发现，他有点担心会撞上他们，可现在他已经骑虎难下了。取画所花费的时间超出预期，因为画后面的固定钉子和画框的铁环很多都生锈了，他得连钉子一起拔出来，好在他带着小钳子，拔得不费力。

半个小时后，尼玛成功回到车里。回到家已经过午夜了，康姐还在手机上看电视剧，问他怎么才回来。

"聊过头了。"尼玛脱衣上炕，又跳下炕，喝了一杯水，想到珍珍，又把纸巾盒拿来。

"你干什么？今晚我不想。"

"今晚我特别想。"尼玛钻进被窝，顺势去搂康姐。

"哎呀，冰死了，你的手怎么像石头一样。"

"开车嘛，快捂一会儿。"

尼玛死乞白赖地不把手拿开，康姐粗暴地打开他的手。

"你是我媳妇，我不碰你碰谁。"

"爱谁谁，快走开。"

"你这是什么意思？"

“你别烦我。”

尼玛有点生气，又觉得不值当，赔着笑脸说：“好吧好吧，我把手先捂热。”他握住她的脚，这回她没说什么。尼玛想着珍珍的叫声，有点不可思议。珍珍的身材很不错，脸蛋也不错。那个人是谁……

这一晚很奇怪，只要一想到珍珍的声音，尼玛就会兴奋起来。康姐说：“你今晚怎么了？”尼玛只是嘿嘿笑。

16

和林若淼第四次约会是在偷画的第二天晚上。下午尼玛在州加油站碰到孟克，硬被拉着去吃饭，一大桌人都是孟克的朋友，除了尼玛，没一个是牧区上的。他感到别扭，找了个借口溜出来。坐到车里他马上给林若淼发了信息：我出来了。

那你到我小区门口来接我。林若淼回复。

林若淼穿着紫色的带有梅花图案的裙子坐到汽车后座上。尼玛将车驶上通往大通县的那条路，缓慢地开着，和她聊天，聊他这些日子的琐碎事。林若淼紧张的情绪慢慢平复下来，接着兴致勃勃，仿佛变了一个人似的说些十分挑逗的话。尼玛将车拐进一条土路停下来。他握住林若淼的小手，他们接吻。野外的性爱，偷情的刺激，异样的氛围，都让他们满足。

“我们终于吃了禁果。”林若淼在黑暗中忧郁地说，“你说我们是不是已经疯了？”

“爱情的本质就是疯狂。”

“我们相爱了吗？”

“为什么我对你念念不忘，因为我爱你爱得深沉！”

“是真爱吗？还是为了这事。”

“若是单纯的欲望，那小姐就能满足所有要求。”

林若淼捶了他一下：“你才是小姐呢。”

“好的林若淼小姐，我是尼小姐。你刚才——”

林若淼捂住他的嘴，气急败坏地说：“你再说，我就不理你了。”

“你舍得吗？”

“我狠起来自己都害怕。”林若淼凶巴巴地说。

“有多狠？会杀人吗？”

“会啊……会的，你要是……你欺骗我……我就杀了你哎呀你……”

尼玛将林若淼送回去后往家里驶去。半夜的马路空空荡荡，四野空寂。他陷入性爱后的孤独和空虚中。他担心林若淼，女人一旦认真起来是没有对错是非的，是不可理喻的。他早听过各种各样各方面来的信息，也有数不清的感慨和后怕，那些不可思议的行径，是男人不会真正理解的。尼玛担心这个。他自己的感受被扼杀到边缘，他来不及消化激情的美妙、性爱的快乐，美好几乎刚开始便结束了。现在他得思考究竟何去何从，林若淼在发生关系之前曾好几次郑重其事地问过他。现在想起来他才明白：原来如此，林若淼不断的质问大有深意，他没有深入思考，他以为这只是林若淼为自己即将暴露的欲望找的一个合理而简单的台阶。现在尼玛知道不是，她的意思就是：你是认真的吗？

尼玛是认真的吗？

有一会儿他想着她，觉得是的。但很快便不是了，这种若有似无的感觉他把握不住。

回到家，倒车进库。他在自己身上嗅来嗅去，没闻到女人的味道，但他还是走到摩托车那里，取下边盖，拔开输油管，在手上浇了些汽油，然后往身上这里擦擦那里抹抹，弄得一身汽油味后才进屋。屋里黑着，睡着的康姐动了动身子，呢喃地说了句什么。

17

尼玛在水房给自家的水车接水的时候，东周来了。他的脸上胡子拉碴，一副糟糕模样。

“我的画儿被偷了。”他直截了当地说，“被你偷走了。”

“画？什么画？”

“成吉思汗画，被你偷走了。”

“你在胡说什么？什么画？”尼玛镇静自若地怒视着东周，“你脑子出问题了吧？”

“哦，不是你偷的？那先不说这个，我今天来找你还有一件更重要的事。”

“还有事？”

“非常非常重要的事。”

尼玛站起来，他没有看东周，他看着从塑料桶里溢出来的水问：“什么事情？”

“你去过我家，你承认不承认？”东周情绪稳定地说，“你不但偷了我的画，还睡了我的媳妇，你承认不承认？你要是男人就大大方方承认，因为珍珍已经招出来了。”

“什么？珍珍……我没有偷你的画，更没有偷你的女人，你们两口子疯了吗……”尼玛觉得自己的嘴唇变得很僵硬，一句利索的话都说不好。

“我不听你解释，那什么意思也没有。你晚上到我家里来，你要解释，要证明自己，我们当头对面，慢慢说。”

东周头也不回地离去了。尼玛头脑一片混乱。

这一天剩下的时间，尼玛魂不守舍。恐惧阴沉沉地压着他。

夜晚降临，东周在微信里喊：快点过来，你不过来我就过去，我带着你的珍珍过去，这样你也潇洒，有了两个老婆，而且是姐妹花。

尼玛对康姐说："我去东周家。"

"又去玩？你现在的赌瘾越来越大了。"

"好好，我知道了。"尽管尼玛很烦躁，但他还是耐着性子不让语气有所变化。

"你说你一直在赢钱，我是不信的，但我从来没说。"康姐表现出一副睿智又得意的神情，"我现在之所以说是想告诉你，我不说不代表我不知道。"

尼玛僵硬地沉默了十分钟，就那么一动不动站着。他今天收到两份浓浓的警告、威胁、蔑视，以及惊人一致的慷慨。尼玛气得笑出来。

"我错了，我对不起你们。"

18

尼玛来到东周家。他的担心是多余的，东周家没有别人。

这短短三公里，尼玛将摩托车骑得很慢，绞尽脑汁地想。没有一点头绪，可能性太多，变数太多，他的智商不够用，他在紧要关头并没有自己期望和想象的那么出色，甚至让自己失望。他带着这种挫败的认罪的情绪走进东周家。他首先下意识地朝炕上望了一眼，正是在这个炕上，珍珍和她的情人翻云覆雨卿卿我我，现在却要他来背黑锅。接着，尼玛观察珍珍，好一个不动声色的女人，一点看不出慌张与不安，尽管她脸上带着被东周惩罚的痕迹，但依然气定神闲，瞧都不瞧尼玛一眼。尼玛心中冷笑，恶狠狠地瞪着她，珍珍感受到了，抬起头看他。

“怎么？要不要我回避一下，让你们先亲热一个再说？”东周揪住尼玛的衣领。尼玛屏住呼吸，垂下眼帘，任凭东周辱骂。东周打了他几拳，一推，尼玛顺势坐到炕上。东周拽着珍珍来到尼玛跟前，让他们坐在一起，他站在前面，抱着胸。这会儿他又若无其事起来，说话也温和了：“现在，你们这对狗男女有什么话对我说？”

尼玛看着珍珍，这回他光明正大地看。这个女人的皮肤和脸蛋真不错，近在咫尺，珍珍身上的女人味也挺好闻，牛奶的气味。

珍珍低下头，看着自己的脚。

“说啊，难道睡了我的女人就没有说头了？你觉得我不能把你怎么样？”

“我不是这个意思，事情发生了，我认了，我还能说啥。”

东周对珍珍说：“给你的情人倒一碗茶，再怎么说都不能失了礼数。尼玛，你先说说你们从什么时候开始的？”

尼玛看着珍珍说：“我们从啥时候开始的？”

“我不知道。”

“想，往死里想。”东周拽珍珍的头发。珍珍只是歪了一下头，她的眼睛一直下垂着，但她知道有两股有力的、各含深意的目光在盯着自己。

“去年。”她说。

“嚯，厉害厉害，情人不来啥都不说，情人来了就说了。”东周又一把揪住珍珍的头发，这次他没放手，一直拽着，珍珍不得不弯腰低下头。东周挑衅地斜视尼玛。尼玛无动于衷，他才不会为了这个陷害自己的女人说话，可马上他又想，为了后面的行动，他还是得说两句。

东周的手往下压了压，珍珍的腰弯得更低了，她不得不蹲下身子。东周往上一提，她又起来一些。东周突然提脚踹尼玛胸口，尼玛倒在炕上，胸闷气短，脸憋得通红，好一会儿才坐起来，靠着墙。他觉得自己浑身乏力，站不起来了。

珍珍在挨打。

这个女人挨打的地方是屁股和乳房。东周专门打这些地方，嘴里污秽地骂着。尼玛终于看不下去了：“别打了，来打我吧，我活该。”

“这才像话嘛，我以为你不管你的情人了，我也没让你不还手，你可以还手。”东周放开珍珍。

“我不还手。”

“为啥？觉得理亏？其实不用，真的，我刚刚想通，我的意思是，让我去睡睡康姐，这事就好办了，我们谁都不吃亏了。”

尼玛无声地笑了。

“你不相信？你会相信的，你很快就相信了。”

尼玛还是在笑。

“你不要笑，我说的是真的，我把事情跟康姐一说，我就可以跟她睡觉了，我都等不及了。”

尼玛跳下炕，和东周扭打在一起。东周兴奋地喊叫：“珍珍你看看你的情人，太没用了……你把衣服脱光，脱光跳舞我就不打他。……我跟你说话呢？你为什么不说话？你让别人睡，还把家里的东西给别人……”

“我告诉你东周，我根本不知道什么画，我没拿你的画。”

东周舍弃尼玛去撕扯珍珍的衣服。尼玛喘着气爬上炕，靠着被子，他激动地看着地上的两个人。珍珍的衣服几下子就被扯去大半，她终于歇斯底里地大叫起来。东周在她嘴上硬硬地打了两巴掌，撕掉上身最后的胸罩。珍珍的两个并不大的乳房随着身体晃动。尼玛大失所望，这两个乳房虽然白皙，但下垂得比较严重，也并不饱满。

尼玛觉得自己不该看，但他又觉得不看更不对，于是他看了，聚精会神地看着。尼玛被东周的无耻，也被自己的无耻震惊得无以复加，但他没有时间去思考。他的眼里、心里、脑海里乃至意识里，全是眼前这赤裸裸的女人和疯狂的男人。他艰难地移开了目光，仿佛头上被砸了一砖头。

尼玛不是没有见过别人在他面前做爱。几年前他们喝醉酒，就有红脸蛋和他的那个不要脸的情人在宾馆标准间的一张床上旁若无人，丝毫不在意另一张床上的尼玛。尼玛起先是睡着了的，但他们的动静太大，他没办法不醒来。没承想今天又看了一场。

尼玛试图唤醒东周的一些良知，但东周麻痹在一种畸形冷酷的意识里，根本什么也听不进去。这一夜，尼玛过得水深火热。

19

世上有一句话说得好：要想人不知，除非己莫为。

康姐在同一天知道了两件事。对于林若淼的事，她表现得很平静，但对于珍珍的事，她表现出一种尼玛从没有见过的愤怒，这愤怒几乎将她整个人都扭曲分解了。她撕打尼玛时力气之大、之狠毒让他胆战心惊。他不得不招出实情。

“你再说一遍。”康姐眼泪和鼻涕一起往下掉，瞪着泛红的眼睛，“你偷了画想发财？你偷了画，画呢？”

尼玛领着她去了车库，看了画。

“这是圣祖像。”过了好一会儿，她才说，“你偷了圣祖像，要去卖钱？”

“我打算把画卖给杨春君。”

"你疯了吗？尼玛你疯了吗？"康姐突然大叫起来，"尼玛你知不知道自己在干什么？你在干什么……"她一下子揪住尼玛的衣领，又是撕扯又是哭泣，"你到底想不想过日子，你要毁了这个家是不是，是不是……"她已经语无伦次了。

"我就是头脑一热干了这事。但画像还在这里，还没卖出去，你担心什么？"

"一旦人们知道你偷圣祖像去卖钱。"康姐眼中的惊恐无限放大，她颤声说，"大家会怎么看你？会怎么看待我们这个家？我们一天也待不下去，我们会被赶走的。"她吓坏了，跌坐地上失声痛哭。

"不会的，不会的，大不了我们不卖。"尼玛抱住康姐，拍着她的脊背安慰。康姐突然又跳起来："要是警察抓到你，你，你会去坐牢的，这个你想过吗？"

尼玛当场呆立。

康姐擦去眼泪，尽量平静地说道："我算是看出来了，你是一门心思想毁了这个家。"

尼玛不再说话，把画重新藏好，走出车库。

尼玛有点茫然，不知道接下来该干什么。

林若淼发来微信：今天干吗呢？你来不来？我一个人在店里，他去西宁了。尼玛没有回复。

她不知道事情已经暴露。她也才不在乎，她说过，杨春君和她早有协定，各管各的事。“自从我发现他的第二个情妇后，我们就立下规矩了。”有一次林若淼回复尼玛的担心时这样说过。这么一分析，尼玛突然发现，抛开画像不提，这件事恶化的可能性已经很小了，如果再努力争取一下，或许就可以不了了之。所以关键人是康姐，康姐若息事宁人则万事大吉。但康姐是什么人，尼玛一清二楚，要她善罢甘休谈何容易。她现在被画像这件更大的事扰乱了心神，顾不上兴师问罪，等回过神来，她会让他见识到厉害的。尼玛觉得自己像一个等待审判的罪人。

20

这天夜里，尼玛没吃饭，因为没有饭可以吃。他也不饿，只觉得困，很快睡着了。半夜他被惊醒，外面有人在敲门。他一听，是东周的声音。

“怎么办?”尼玛征求康姐的意见。她一动不动，没有回应。东周敲打大门的声音愈发急促，几乎是在砸门了。尼玛只好回应了一下，东周叫嚣着赶紧开门。来者不善，尼玛想起那天晚上东周说的话，一股怒气冲上脑子。

东周站立不稳，摇摆着走进来，嬉皮笑脸地跟康姐打招呼。

“怎么？尼玛你好可怜，你被赶出康姐被窝了？哎呀呀……”

他坐到康姐身边，“你对自己的男人不应该这样。”

“你滚。”康姐面无表情地说。

东周嬉皮笑脸地说：“好，那我滚到你被窝里去。”

康姐张嘴唾了他一口。东周涨红着脸站起来，指着尼玛对她吼道：“你有什么资格拒绝我，你问问尼玛，你——”

他们两口子默契地对视一眼，尼玛明白了自己必须出手，康姐不容许东周这样的人玷污她。东周毫无还手之力，就像那晚的尼玛一样。他躺在地上，又是笑又是哭，一会儿开始咒骂。他骂珍珍，骂自己的老子，骂自己的妹夫，唯独没有骂尼玛。

尼玛说：“你动动身子。”

“我不想动。”东周的酒好像醒了一些。

“你一直不动，成吗？”

东周说：“我当然要动。”

“那你就走，去别人家喝酒去。”

“怎么？你现在连酒也戒了？”他说，“康姐你知不知道他把你妹妹也搞了？你还对我发脾气，这不对吧？”

“该说的已经说了，该知道的她也已经知道了，你起来。”尼玛拉扯东周，连抱带拖地把他弄到大门外，“所有的事情她都知道了，今天刚知道的，你来得不是时候。”

“哦哦，我觉得正是时候，让我进去，我要——”

尼玛砰的一声关上大门，隔着铁皮说：“你要是想让全世界都知道这些事，你就喊吧。”

过了几分钟，尼玛悄悄拉开门，外面空空荡荡。但在几百米外，东周敲打着久美恒本家的门，“我们再把你的酒喝光！”他喊道。

尼玛知道他说的是什么。那真是一次绝无仅有的疯狂经历，一次彻彻底底的狂欢。那天本来只有东周、查拉和他三个人在德州商店喝酒，然后喝到了会计家的饭馆，在台球室里喝的时候增加到五个人。他们喝了一箱啤酒。查拉邀请他们去他家，于是大家到他家了。那会儿又加了两个人，尼玛都不知道他们是从哪儿冒出来的。在查拉家好像开启了一种模式，他们流动起来，一家一家地扫荡，最终在久美恒本家达到高潮：带来的酒喝光，久美家的酒喝光，连佛龛里的都没有放过。最后久美从妻子那里抢到钥匙，把他妻子珍藏在门箱里预备过年时送给长辈的好酒也全部喝光。但天还没有亮，外面寒风肆虐，他们只好唱歌跳舞。他们唱《我的根在草原》《我的好姑娘》《滚滚红尘》，乱蹦乱跳，出了很多汗，酒也醒了不少。黎明即起，亮星归位，曲终人散。两天两夜，昏昏沉沉，迷迷糊糊，醉了又醒醒了又醉，不知身在何方，心在何方。那是一种怎样的奇特体验啊！如今回忆起来，已是很久以前的事情了。人生能有几回狂？尼玛如今深刻地感受到，在生活的重压下人是没有办法保持优雅的。这是谁说的混账话？“生活就是来摧毁优雅的。”人不是生来便受罪，但一定是慢慢地走向受罪的。

他不想进屋去，就站在院子里，听着东周断断续续地呼叫。接着是另一个若有似无的说话声，笑声。他听着，声音越来越近，他们过来了。尼玛快速插上门锁，跑进屋里，刚躺下一会儿，大门再次被敲打。康姐骂道："给我滚。带着你的狐朋狗友给我滚！"

那一晚尼玛被他们裹挟着去喝酒。东周一会儿哭哭啼啼，一会儿笑逐颜开，一会儿抱着尼玛称兄道弟，一会儿又用无力的拳头捶打他，最后终于醉得不省人事。

21

尼玛养过一群奶牛，天真地想靠它们发一笔财，结果草场和资金的压力可想而知。但在最初，他那盲目乐观的心态唆使他完全忽视后果，把精力投注于当时的虚假期待中，到了中途已是骑虎难下。他倔强倨傲，不肯承认已失败的结局。他将希望寄托在十几头即将产犊的母牛身上，精心照顾，不敢喊累，半夜要起来两次给牛添草，观察它们的胎动、饮食状态，白天更是忙得不可开交。那些母牛也基本上算是对得起他了，产下了七八头小牛犊，其中有三头是公的。这些牛犊一生下来，他就联系甘肃的卖家拉走了。公牛犊每头八千元，母牛犊五千元。得益于他出血本弄到手的好种牛的基因，这些牛犊的花形都很不错，所以价格也高。但他最寄予厚望的一头漂亮的大母牛令他失望极了。那头可怜的漂亮母牛，因为牛犊太大生不出来而死掉了，它躺在棚里一天一夜。尼玛没有经验，听信了一个人的话，以为熬一熬就会生下来，但第二天他发现牛犊的头和一只前腿露出来了，牛犊伸出老长的舌头，头颅肿胀，已经窒息而死。多么好的一头小公牛啊！尼玛来不及沮丧生气，如果再不想办法，连母牛也不行了。他找来兽医，又是挂针又是灌药水，但母牛还是没有活下来，死的时候，身后被它的双腿蹬出来一个凹坑，它流失过多的血就在坑里凝固。

尼玛伤心极了，哀叹自己时运不济，多灾多难。

他最终还是一狠心，把牛全都卖了，得来的钱在还了贷款、交了所租草场两年的费用后，已所剩无几，于是他给康姐买了一只黄金手镯，花了五千块钱。那是他送给她的最贵的礼物。

但是今天早上，他翻身起来时看见康姐手腕上光溜溜的。

“手镯呢？”他问。

“丢了。”她说。

他心里一紧，没敢再问。

尼玛这些天很安静地待在家里，当一个木讷的、影子般的人，直到今天才有机会去镇上。贷款利息又到期了，他农业银行里的钱不能通过手机转到信用社联社卡上，他得去倒出来。这个解释只得到了康姐的一声冷哼，尼玛了解这哼的意思。他在事发一个星期后，经过深思熟虑给林若淼发了一条短信，告知东窗事发，也解释了删掉微信的原因。林若淼过了五个小时才回复说知道了，此外没有多余的话。他也没问。

他开车上路后给她发信息：我去找你。她回：好。

他把车停在大众药店对面的临时停车场，穿过蔬菜市场和超市，走过乔丹专卖店，从步行街到特产店只有三百米，他走得很艰难。

店里面有两个披着红披巾的中年女旅客在买藏红花和雪莲。林若淼若无其事地看了他一眼，继续介绍产品，说得不急不缓，早已锻炼出一种自信掌控氛围的本事。

他给自己倒了茶，用的是林若淼的杯子。那两个女人好不容易提着特产离去，林若淼把门关上，从里面锁上，招手让他跟着。他们进到里面一间尼玛没来过的小休息室里。这里只有一张单人床和一个平时热饭用的小电磁炉。林若淼一进去就抱住他，撒娇道："我以为你再也不来了，以为发信息的不是你呢，吓死我了。"尼玛也激动地紧紧抱着她，热烈亲吻她。林若淼情不自禁呻吟，他把她压倒在床上，两个人激烈地亲热起来。林若淼忍不住叫喊出来，他及时捂住她柔软的嘴巴。林若淼仿佛特别喜欢这样，她喜欢猛烈的、强暴似的做爱，似乎只有这样她才能得到更大的满足。尼玛早已掌握这个技巧，对待她一点也算不上温柔。

这使他愈发迷恋她。

安静下来后，尼玛将事情原原本本地告诉她，她显得无所谓，只是说难为尼玛了。他们没有说如果事情不可收拾了该怎么办，这种话尼玛不愿意说。

“那现在她到底想怎么样？想来收拾我，杀死我？”林若淼趴在尼玛身上说，“她要是敢拼命，我也敢，谁怕谁？她太霸道了，我就不信她没有情人。”

“就我目前的判断，她是没有的。”

“女人有时候是很厉害的，撒起谎来连自己都可以相信……尼玛，我们远走高飞，离开这里吧！”

“不成的，我们离不开。”

“我多希望你带着我离开，哪怕只是十天。”

“有意义吗？我们何必骗自己。”

“我告诉过你，你要好好地、慎重地考虑。”林若淼转过头去。

“我多希望有你的魄力。”

她默不作声。尼玛穿好衣服，亲亲她的脸颊，他舍不得离开她。他们又温存了一阵子，说好了用短信联系。

回到车里他给康姐打电话，询问需要买些什么东西。“蔬菜家里有吗？”

“买些。”康姐平淡而冷漠地说，“买几瓶盐水，如果你还想给羊打防疫针的话。”

尼玛知道她在提醒他要做这件事。他确实忘记了。

22

那幅画像放在车库里已经很长一段时间了。一开始他就将画用丝绸包起来，装在纸箱子里，保证它不受损害。

杨春君给尼玛打来电话。

杨春君在电话里很平静，甚至很亲切地说："尼玛，你来店里一趟，哦，店里不好，太吵。我们去家里等着你，我们坐下来谈一谈。你一个人来吗？"

"我一个人来。"

"好的，那我们现在回家等你，你中午能到吧？"

这一幕似曾相识，尼玛下意识地想：杨春君会不会也像东周一样疯狂？他摇摇头，觉得不可能。杨春君不是东周，他做事深思熟虑小心谨慎，不会胡来。林若淼再三说过，杨春君因为早已出轨而和林若淼约法三章，互不侵犯，互不干扰，给彼此特殊的自由。既然这样，他叫尼玛去是要干什么呢？

尼玛将车停在紫玉小区后门。从这里的小门进去两百米，就是杨春君住的十一号楼。

开门的是林若淼，无声地朝他一笑，还露出一丝媚态。尼玛心想，她这是在干吗？现在是严肃时刻。

杨春君在里面问："是尼玛吗？"他们友好地握手。杨春君甚至开玩笑说："现在，咱们的关系更进一步了。"

尼玛很吃惊，即便杨春君不在乎，他也不应该如此轻松甚至有点愉快。尼玛摸不清他的态度是真是假。经过东周的那一次教训，尼玛再不敢轻易下判断了。

杨春君已经泡好了茶，精致的小碗，晶莹剔透的绿色。尼玛在喝下去的那一瞬间猜测茶里是否有毒，但他还是没有片刻犹豫就喝下去了。杨春君的脸上始终洋溢着笑容。

"首先我要声明，我不会拆散你们，我们早有协议，相信尼玛你也知道了，我有错在先，而且不知悔改，我没有资格要求她怎么样，所以你们放心。"

林若淼适时地冷哼一声。杨春君看了看林若淼，笑笑。

"所以我跟若淼说了，我们开诚布公地谈一谈比较好。本来这件事没什么可谈的，但我们俩以后还有合作的机会，我可不想因为这件事而产生不必要的误会。你知道我的意思吧，尼玛？听说你现在手里有一幅画？"

从进门到现在尼玛一句话没有说，杨春君掌握着主动权。这人……他的嘴脸有那么一刻令人厌恶，仿佛他在炫耀什么，但回到这件事本身，尼玛又对他充满感激之情。尼玛支支吾吾地没说上几句有用的话，他猜自己可能连一句话都没说清楚，但杨春君无疑已经确定了尼玛有画的事实，他站起来。

"我要出去一趟。我和人约好晚上一起在西宁吃饭谈生意，我得走了。"他再次和尼玛握手，眼睛在微笑。尼玛感受到他的真诚，用力地握手。

"我回来就给你打电话，我们好好研究研究。"他就这么走了，好像离开的是别人的家。

"他会不会是想稳住我们，然后慢慢报复？"尼玛怀疑他另有目的。

"如果那样我也好受一点，但他不会的，他哪里舍得将时间和精力花在我身上，那得耽搁他挣多少钱。他现在越来越在乎钱了，我猜他那个女人快生了，而且是儿子。"

"啊？"

林若淼打了他一下："难道你就没想过我们为什么没有孩子吗？"

尼玛说："对啊，你们的孩子呢？"

她开始撒娇："你是不是故意的？你就是故意的，你坏蛋……"

23

没过三天，杨春君来了。康姐阴沉地看着他们。杨春君给尼玛使了一个眼色，尼玛不为所动："看画这事，我们早就说好的。"

“你们一家人的事，用不着跟我说。”康姐说。

“要不，过段时间再说？你知道，这是我祖先的画……”

“那就更应该赶紧脱手。”

“我很害怕，我不敢这么做你知道吗？”

“那你是什么意思？你想独吞吗？即便要独吞，你也得找下家吧？难道我不成？”

“我不是这个意思，我是怕……”

“你现在把赃物留在家里就是最大的愚蠢，一查就人赃俱获。我估计东周现在还不知道画的价值，一旦知道他就来搜你家了。”

尼玛一怔：“你怎么知道画是东周的？”

“这很难猜吗？”

尼玛第一时间想到了林若淼，他不记得自己说过画是东周的，但他还是有一种被出卖的扎心的痛。

“画不在这里。”

杨春君怔了怔：“在哪？”

尼玛沉默不语。杨春君好像不认识他似的看着他，好一会儿才冷笑道：“好个尼玛，我看走眼了，真的不一般啊你。”

杨春君气冲冲地走了。

尼玛站在院子里，脸色阴晴不定。

院子有一块观赏石，有一辆摩托车那么大，造型奇特，是从夏牧场的河道里挖出来的。几年前他对奇石产生了极大的兴趣，每天放羊、走路都低着头，留意脚下的石头。他渴望得到一块好石头，卖出一个好价钱。因为他舅舅的第一桶金就来自一块奇石，一块像是两头牛和一个女人的奇石，卖了三万块。多简单啊，捡块石头都值那么多钱。但兴趣并不是靠心血来潮维持的，他后来发现自己厌恶石头，靠此发财的愿望也渐渐消散了，他甚至觉得这种想法很可笑。现在他盯着这块石头，它冷冰冰的，惹人讨厌，但在当初，尼玛雇车去请动它时满怀信心，相信它会带来好运。

康姐从屋里叫他。

“怎么了？”

“你说怎么了？”

尼玛看着妻子。

“你已经有了对策？还是说你不在乎？也对，你都有新家了，还会在乎这个破家？也不对，你不在乎我是真的，但你在乎钱，不然你怎么会偷画？”

“你胡说什么？我什么时候不在乎这个家不在乎你了？我不是一直都在听你的话吗？”

“你可以不听，你可以去听你新媳妇的话，我算什么东西。”

尼玛愤怒得想拔光自己的头发，他低着头，用力蹍踩脚下的碎石子。他怕康姐看见他狰狞的表情。他快步离开院子，开车离开家，过了一会儿他才发现自己正走在去往查拉家的路上。

24

拐过查拉家房子后面的那个大弯，他缓缓停下车，抽了一根烟，让烦躁不安的情绪缓和下来。

有三五辆车迎面过去，其中一辆里坐着熟人，尼玛低下头不想让对方看见。此时此刻，他没有一点心思和不相干的人寒暄。

他现在处境微妙，不知道该怎么办。他越来越觉得，偷画这种对祖先不敬的混账事才是后面所有这些麻烦的祸源。好像冥冥之中有一道诅咒盯上了他，追着他不放。他身体内部有寒意生出，源源不断。他被吓住了，不敢轻举妄动。他输了很多钱，而且东周也注定不会把欠的那两万块钱还给他，这是雪上加霜。画像可以带给他一次彻底翻身的机会，让他把所有的亏空都补上，还会有些剩余。但他知道这是一个正在慢慢扩大的窟窿，诱惑他掉下去。他不是一个没有脑子的人，对危险的感知也很敏锐，所以他真的怕了。而且，如果说这些能够眼睛一闭不理会的话，那么在内心更深处，他的最纯粹完整的那个地方已经因为此事而出现了变化，这才是他的恐惧。他，一个蒙古人，一个成吉思汗的子孙，居然做出侮辱祖先的事情，这比出卖自己的灵魂无耻可怕一万倍。人们会原谅他偷窃，也会原谅他偷情，但不会有一个蒙古人原谅他侮蔑祖先的行径。这些天，每每夜深人静，他总是心惊胆战，噩梦不断。他其实已经顶不住这样的折磨了，但在康姐面前，他不愿表露出来。

一支烟吸完，心慌意乱的感觉并没有减少。也许只有酒才能解忧。

查拉正躺在炕上，舒舒服服地靠着被子看快手直播。他老婆坐在炕下的沙发上，也在看直播，看到尼玛马上不好意思地站起来。

“甜美幸福的生活啊。”尼玛开玩笑道，“是旦正呢还是娟子呢?”

查拉咧嘴笑着下炕:“看他俩有啥意思，他俩现在已经没意思了。”

“那又是谁?”

“你的一个亲戚。”

“亲戚?”尼玛思索片刻，“阿吾查拉吗?”

查拉笑呵呵地说是的。

“你看看你，同样都叫查拉，我这叔叔现在都有多少粉丝了，你再看看你，还在花钱给别人。”

他笑骂道:“你那个叔叔做的事情，除了他谁能做出来?”

“所以人家才混上去了，你不是也直播过吗？怎么样?”

“我闹着玩的，你以为有啥。”

“那是你没有才艺，没有才艺就不好丢人现眼。”尼玛接过查拉老婆端来的茶，讽刺道，“要不然，出丑出到全国去可不好。”

“你的叔叔难道不是在出丑？把我笑死了，你也看看，有时候看着看着就羞，脸发红发烫。这人厚脸皮，我佩服。”

“他走的就是出洋相的路线。”

“他还缺钱吗？他缺钱，我们还怎么活？”

“谁会弹嫌钱多呢？”

查拉说：“你找我有什么事？”

“今天想喝酒了。”

“哦哟。”查拉夸张地叫道，“你受什么刺激了？别喝酒了，我们打麻将。”

“有人吗？”

“要做别的事情还可能有人推三阻四，但打麻将的人多的是，你等着啊，我这就打电话。”他想都不想就先打给东周了。尼玛张张嘴，但什么也没说。查拉第二个电话打给了孟克，趁还没接通的工夫，他对尼玛说：“孟克这个贼损，吹牛皮起来还是挺热闹的对吧？”

打完电话，查拉继续说那个查拉叔叔。他表露出难以察觉的嫉妒和不屑，就是那种既希望发生在自己身上又瞧不上甚至嗤之以鼻的心态。尼玛觉得好笑，故意逗他，说些更能引起他愤懑的事，比如，查拉叔叔今年元旦第三天的晚上直播，运气爆棚，一次性增加粉丝一万人，而且那晚上打赏的人多得很，他得到了将近一万元。没有才艺没有卖点，甚至没有看得过眼的长相，只凭胡说八道，就一气挣了那么多，别说查拉嫉妒，尼玛心里也不是滋味。凭什么？但这话跟谁问呢？现实变得让人难以适应。网络越来越可怕了。以前的网络，以前那个吸引大家在网吧里通宵QQ聊天看电影玩游戏的网络世界，比现在的真实一千倍一万倍。他和康姐多次因为她用手机美颜功能吵嘴，因为经过美颜处理后，康姐好像不是他的妻子了，那张脸变得又白又光洁又俏丽。眼睛不是她自己的，鼻子也不是，连脸型都变了，总之，什么都不对了。但他的这些想法跟康姐说不通，反而遭到耻笑。当所有人都做同样的事的时候，再诡异的事也会变得无比正常。

25

第一个到来的人是孟克。他又换了一辆车，一辆柴油版的哈弗H2。他换车的频率和换女人的频率一样高，而且从来不重复。男人混到这个地步仿佛是可以嚣张嚣张的，孟克就很嚣张。

他们从下午三点开始打麻将，不到两个小时，孟克输掉了一千块钱。他一把都没有胡牌，气得脸色都变了，开始摔打麻将。只要不是自己想要的牌，他都会重重地拍砸在桌子上。尽管查拉的这张兼作饭桌、茶几、牌桌的四方实木桌足够结实，而且上面有一张薄薄的毯子，但查拉还是忍无可忍："你那么爱砸，明天晚上到你家去玩，你使劲砸，我看你能砸多久。"

孟克哼哼唧唧地放缓了动作，他愤怒的是钱都输给了东周。东周今天手气爆表，尼玛的钱也被他赢去不少，尼玛心里更气，他也不想让东周赢。东周没有说过分的话，他们之间的事他连一个字也没提。

东周赢得越多越得意。"先赢的是纸，后赢的才是钱。"尼玛忍不住说道。

"就是，千胡万胡，不胡第一把，这个都不懂。"孟克说，"你看着，马上你的好运就到头了。"

"我知道我的好运还会一直保持下去。"东周笑得很灿烂，"你说是不是，尼玛？"

"盛极而衰，这是自然规律。"

"你说得对，但我还没有盛极，还差得远呢，因为我的霉运才刚刚过去。"东周接着说，"而且我发现，一个人一旦经历了最倒霉的事情，就会往好处走，我才刚刚开始往好处走，之前我已经很倒霉了。"

"你哪里倒霉了？我看你白白胖胖，活得挺滋润。"孟克说，"要说倒霉，我才真的是倒了八辈子的霉，我丢了一笔钱，还不知道是在哪里丢的，连报警都报不了。"

"多少钱？你怎么会丢钱？但你一定没有我的损失多，我的那幅画——你们都见过的，挂在客厅里的成吉思汗画，被偷了。”

“那你报警了没?”

“呸，报警就算了，这些年被偷掉的牛羊酥油摩托车，什么时候找到过?”

“那也得备个案，万一找到了呢。”

“算了吧，都过去这么长时间了。”

“也许并不值钱呢?我看不出有啥值钱的地方。”查拉说。

“值钱的，我的那副麻将，看着不怎么样，但还是卖了一万块，你问问尼玛。”

“你是赚大了，那人拿去一鉴定就后悔了。”尼玛故作轻松地说。

“到底是什么东西做的?”

“我觉得是象牙，那些人的嘴能相信吗?他说不是就不是?”

尼玛把注意力转回麻将上，因为他胡牌了，而且是七对，翻一番。他收了三百块钱。

他们一连打了七个小时，傍晚尼玛给康姐发短信说不回去吃饭，康姐没有回信息。尼玛知道她肯定看见了，她有大把时间用来看微信和抖音，现在她有足够的钱支付流量。刚结婚那两年，他们生活拮据，挣到的钱不够涵盖必要的生活支出，有很多个月底，他们两口子最伤脑筋的一件事是没有钱交话费。那会儿他们办的流量套餐是1G的，得动脑筋节省才够用。因为不熟悉移动公司这个庞然大物的各种令人眼花缭乱的套路，他们没少受骗，无缘无故地多花了冤枉钱还没有享受到网络。尼玛到县移动营业厅去过，出来时被各种说辞和套路搅了个糊涂，还差点被忽悠升级一个套餐，理由是现在的套餐不够用，反而更费钱。他知道自己人微言轻，不可能对它有所伤害，只能忍气吞声。不过他也有自己发泄愤怒的幼稚的方式，他在一张大纸板上用烧过的木棍写下几个大大的字：中国移动，超级大骗子！然后他把纸板固定在公路边的网围栏上，让路过的人们看看，引起他们的共鸣和警惕。纸板顽强地存在了几个月，夏天的暴雨也没有伤到那些字，后来毁于一场秋天的龙卷风。而那个时候，尼玛几乎已经忘记了这件事。

尼玛手里玩捏着一张舍不得打出去的三筒，一边回忆这些往事，一边留意着三人的出牌，因为眼前的一溜儿十二张牌里没有一张白板，他在等第三张白板出现，自己能够摸到最好，如果有人打出来也不错，那样他就碰听，他还有已经碰过的五条，摸到杠的机会增加一倍。

尼玛打麻将时间长了脖子会变得僵硬、酸痛，转动起来咔咔响，用力猛了还会有耳鸣。他担心问题会越来越严重，打麻将时间越久，问题当然会越来越严重，所以他常常警告自己不要一坐下来就僵住，得时不时地活动活动脖子，缓解疲劳。他掌握着一套可以坐着锻炼颈椎的小动作，每次打麻将他都会用上。久而久之，他们几个也开始用上了，因为颈椎出现问题的可不是他一个人。事实上，不论谁，七八个小时甚至十几个小时低着头打麻将，都会有这方面的问题。很滑稽的一幕就是，深夜，他们长久僵坐之后，开始晃动着脑袋，拽拉着身子，活像几只搁浅在沙滩的无脊椎海洋动物。

26

尼玛看着林若淼哭泣，泪水流过她的鼻翼，缓慢顺滑地进入嘴唇间，好像那里就是它们的最终归宿。尼玛使劲吸着鼻子，这是他快要哭的前兆。他吓一跳，急忙转移心思。他做得很熟练，因为多年来已不知做过多少次。他容易被外部影响感情，不过他已很久没有因为别人掉眼泪了。

“行了。”他故意冷冰冰地说，“我们都不是小孩，不能为所有事都难过伤心。”

“尼玛，你这是怎么了？”

“我心里很烦，不是故意针对你。”他的口气又柔软下去，“你不要哭，事情不是没有解决的办法。”

“什么办法？你有办法了吗？”

“我……我还没想到，但总归会有的，无论怎么说，他都不应该打你。你们是有协议的。”

林若淼自嘲地叹息道："我现在才明白，所谓的协议只是看他愿不愿意，他要是不愿意随时都可以作废。"

"他这么做真的很卑鄙，你是他妻子。"

"他眼里只有钱，还有那个给他生儿子的女人，这些年我觉得我才是他的情人，除此之外什么也不是。"

"这画那么值钱吗？"

"他缠了我三天，我没同意。"她轻轻抚摸着右脸那片厚红的印记。

"你为什么不还手？你的勇气呢？"他痛苦得胃痉挛了。

"我还手了。"林若淼温柔地按摩他的腹部。她的手接触到他皮肤时有点凉，但很快热乎起来，她用双手有规律地旋转按摩，"但我一点用也没有，我的反抗让他更凶了。"

"对不起！"

林若淼懂了他的意思，抱住他亲吻。

车停在一片种植林旁边，再往前是水库。尼玛记得他们去过水库那边，晚上那里很安静，通往深山的路上一辆车也不会有，附近也没有人家。林若淼喜欢那里，说可以想怎么喊就怎么喊，爽快极了！

他抚摸着她伤痕累累的脸庞问道："疼吗？"

"有一点。"

"我该怎么办？"

“你不要让他得逞，你得让他知道那是不可能的。”林若淼说得斩钉截铁。

“但他不会轻易放过你的。”

“他会知难而退的。”

但尼玛担心的不只是她，还有东周。如果杨春君找东周……

林若淼斗志昂扬地说：“我要和他斗下去，如果这次我认输了，他还会有下一次，下下次，没完没了，我一定要胜利！”

“不，别这样。他即便不利用你也还有别的办法，他会有一百种办法。”

林若淼想了想，说道：“那是另外的事，但我必须赢，你不了解他，我要是输了，以后真的会有麻烦。”

“我愿意给他画，我不想你再受伤。”

“不要。”林若淼扑进他怀里，又笑又哭地说，“你这样我真的会爱上你的。”

“难道你一直不爱我吗？”

“我喜欢你，但不敢轻易说爱，你知道的。”

“我开玩笑的，我知道。”

“但我现在开始爱上你了，因为我开始害怕了。”

“你怕什么？”

“我怕爱上你，然后万劫不复。”

“不会的。”

“为什么？”

“因为我没有那个胆量。”

“你错了，爱情来了什么也顾不上的。”

“但爱情是短暂的，我们坚持一段时间就不会有了。”

“不……”

“这是事实。”

“我们不会。”

“你凭什么这么肯定？”

“因为我们的爱才刚刚开始，还有很多困难在考验我们。”

尼玛没有说出的话是：就是因为面临很多困难，他们可能连考验都过不去。

27

尼玛打开羊圈门，走进去站在门的一旁。那只年长的大犄角的黄眼圈母羊知道他要干什么，第一个走过来，很淡定地走出去。后面跟着的羊却不那么温顺聪明了，一个个争先恐后地冲过来，好像留在后面就会被杀死。尼玛一边挥手堵截这些硬冲的傻瓜，一边数着晃动的羊头，等到最后一只跑出去时，尼玛数到了三百三十二。他最近一次数羊是在二十天前，或者一个月前了。他在佛龛后面的抽屉里找到了记录羊数的那个笔记簿，上面写着

"五月十八日，三百三十五只羊"。

早饭时，他说羊丢了三只。

康姐说："哦。"

"不知道啥时候的事。"

康姐说："哦。"

"可能是跑到隔壁的羊群里去了。"

"哦！"

尼玛摔门离开，坐在车里狠狠往自己脑袋上砸了几拳。那些或逃避或迎难而上的想法，最终都化为一声叹息。他其实只有两种选择：要么把画卖给杨春君，要么还给东周。无论选哪一条，他都将承受另外一边的后果。还有一个林若淼夹在中间，他答应过她。但尼玛越来越有一种危机感，那天在查拉家里，他好几次从东周身上察觉到威胁。不做亏心事，不怕鬼敲门；做了亏心事，日夜不安稳！尼玛终于深切感受到这句话的含义。

他开着车在县城街道漫无目的地行驶，出了县城，随便拐上一条路慢慢走。前面被障碍拦住，那是七四牧场的入口，有军队驻扎。他掉头，开往对面的另一片山地，同宝牧场。

回去的路上他感到饥饿，他这一天没怎么吃东西。胃在抗议，熟悉而猛烈的疼痛。时速是九十公里，车有些摇晃，因为刮着强劲的西北风。阳光光线强烈、刺眼，他盯着眼前的路面，远方是红垭口大拐弯，这段路上没有一辆车，他感到孤独，六神无主。他的胆怯让他只能在无人的时候流露那些可怜巴巴的无助。以前，在没有这些烦心事的下午，也许是同样的这样的下午，同样的太阳与光线，同样的西北大风，路面上同样只有他一人一车，他会心情松懈，感到困顿，眼皮几乎要合起来，他会坚持不住，把车停路边，在风声和偶尔呼啸而过的车辆的声音中被催眠，他美妙地满足于短暂却饱满的歇息，带着慵懒的幸福。可是现在，心里装得太满，太沉重，几乎每一刻他都警惕着，担惊受怕地关心发生的事。事情越多，他越觉得好受些，因为事情多到做不完他就不用闲下来了，就不用去领受那份沉重的思考了。音乐现在已经没有作用了，他听音乐时再也感受不到美妙，音乐会将思绪更快速地导向他不想去的地方。他发现音乐是很多事情的罪魁祸首，它会让你多愁善感思绪飘飞，会让你朦胧的情感清晰凝结，会让那不应该来的躲藏压制的爱堂而皇之地走出来，在你面前跳起舞蹈……

他回到家，康姐不在，屋里是满当当的冰冷。

他在厨房的冰箱里找到几个馒头，倒了一碗电热壶的热水就着吃。他吃完一个馒头，喝了两碗白水。下午的光线从炕上的窗户射进屋里，投射到炕面上的光再次反射回去，与进来的光交合一起，形成一片微尘飘浮的奇异空间。他盯着这区域，恍恍惚惚。强烈的困意快速侵占他，他倒在炕上睡着了。睡梦里他感觉到了冷，还知道自己在打呼噜。康姐进来，一会儿又出去了。这些他都知道，但他是在睡觉，而且睡得很香，他醒不过来。后来他感到越来越冷，蜷缩身子，他知道手伸出去，就能把被子拉过来盖在身上，但他一旦动了就会醒过来，这些他都在睡觉中考虑到了。于是他没有动，因为他感觉可以更加深入地睡去，也就不在乎冷了。但是在进入更深入的睡眠之前，尼玛很伤心，他认为康姐现在真的已经不爱他了，不然她进来后看见他睡着了应该会给他盖被子，哪怕是充满恶意地弄醒他也好，但她没有，她只是站在门口，冷冷地，甚至也许是嘲讽地看了一会儿，就走了。这种难过比清醒的时候来得更强烈，尼玛在梦里流出眼泪，但他知道，炕上睡着的他，脸上的泪水痕迹更清晰和冰凉。他从来没有在自己家里的炕上哭过，有那么一瞬间他感到难为情。他想翻个身，把脸朝向墙壁，这样她进来了就不会发现他哭了，他不想让她知道他哭了。可是一个简单的翻身的动作在梦中操作起来简直太难了，他尝试了很多次都失败了，最终，他十分不甘心地被拖入另一个什么也没有，什么也不知道的梦境里去了。

28

尼玛醒来已是夜晚，他擦掉泪痕，盯着窗户，开始思考事情。康姐在房间走来走去，他闻到了饭菜的香味。

“羊都赶回来了吗？”他问了一句。过了片刻，康姐嗯了一声。

康姐将一碗臊子面放到炕桌上，面无表情地转身，到炉子旁的小凳子上坐下，吃面。尼玛自己去拿了筷子，大口大口吃起来。他已经有了决断，也再次给自己做了评价：上不了台面，兜不住事情。不行不行，不适合去做坚毅果敢的事情。

既然如此，那就老老实实的。很多居心叵测的欲望是需要晾晒的，晒着晒着，就晒死了。尼玛骨子里一些执拗的东西始终影响着他好好生活，有时候夜深人静，屋外的风鬼魅地呼啸着，尼玛会突然毫无征兆地醒来，瞪起仿佛蓄谋已久的眼珠在黑暗中搜索，他好像看见了有光的时候不曾见过的飘浮的东西，这让他兴致盎然，乐此不疲，当成生命给自己的额外奖赏，不予外人，独自享受。这种时候尼玛会清晰地感觉到自己没有了血肉，成了一把骨头，却充满力量，充满自信。所以他在遭遇困境时就理所应当地怀疑：这人生其实并不真实，也不成熟，他直觉有另外一个处于绝对真实的世界里的他在操控着这里的他，时间越久，他越坚信这一点。

他怎么就去偷画了？为什么？但他偷来画，藏好，回到被窝里时，他瞪住黑暗，一种前所未有的满足感填充了他空虚的那部分身体，他很满足，像染上毒瘾一样喜欢上了这种感觉。而现在，他醒了醒，晃晃脑袋，想回去了。

他很自然地想回到原点，想把画还回去。这是万事大吉的一个办法，这也是一个对自己和他人的交代，是他回归一个完整蒙古牧人的必经的赎罪之路。他心中早有答案，现在做出决定，一阵轻松，仿佛所有困难都已烟消云散。

他从炕上坐起来，毫无阻碍地巡视着屋里的一切，黑暗中，这些东西和白天完全不一样了，也许就是这样：一个明世界，一个暗世界，所有事物都分明暗，存在于两个世界，而两个世界合并的那一刻就是死亡到来的时刻，死亡是真正意义上的完整吗？

他抱着衣服跳下炕。康姐睡得很紧张，这些天，她连睡着的时候都会发出惊惧的声音。

他没有开车，车是一种信号，是发给任何一个想要知道他在干什么的人的信号。他夹着画，顶着寒风走起来，忘了戴羊毛围套，也忘了戴手套。一顶混合着羊圈味和香皂味的纺织圆顶帽子虚弱地做出抵御的姿态。他突然发现这段路他在意识中已经走过千百遍，无须思索犹豫，他轻而易举地来到上次到过的侧门前，掉了漆的草绿色小铁门从里面扣着。他将手伸进磨出痕迹的缝隙，指头摸索几下，轻轻一挑，门开了，没有发出声音。这一回他不再害怕，脚步很自然，却没有一点声音。房间的外面是推拉门，向上提一点就不会发出声音……挂画的客厅依然是很久没有生过炉火，冰窟般寒冷。

将画卷放在茶几上，尼玛第一时间想到了林若淼：该怎么跟她解释（他最终向这一边妥协了）？她会不会因为这件事而成为另一个事端的开始？女人的话要反着听，女人的话不要相信，女人……他听到过太多这样的忠告，仿佛每个女人一生的每一句话都是反话，都是言不由衷的。尼玛根本不信，但到了林若淼这里，有时候又由不得他不信，他难以做出肯定的判断，所有的麻烦聚集到一块儿来找他。现在他妥协了，认输了。那她怎么办？如果这件事成为她在杨春君那里受折磨的开始的话，他又该怎么办？他能心安理得地装作不知道吗……

29

怀着难以名状的失落情绪，尼玛从东周家走出来，在台阶上站立片刻，期待听到一些声音。当初他还有让冤案成为事实的想法，现在想来实在可笑。那间厨房兼卧室，现在炕上只有珍珍一个人，今晚的东周在哪里尼玛了如指掌，只要尼玛愿意，就可以去把那扇门推开，大模大样地走进去。但他没那个心思，他恨不得所有的事都没有发生过。

他依然从小门离开，走在这一片几十亩的小草场上。后半夜的空气里多出来一种古怪的气味，好像草地因为冷而释放出一种保护自己的气体。闻着这种气味，踩着硬邦邦的草地，尼玛从沉思中抬起头……他好一会儿才意识到前面有一个人。这个人迎面走来，他们距离这么近了才发现彼此。尼玛已经看见他整个人从黑暗中走出来了。

“孟克？”他说。

那人沉默着。尼玛马上意识到他在想什么，顿时高兴起来，因为他明白了这个人就是刚刚还在困扰他的那个问题的答案。踏破铁鞋无觅处，得来全不费工夫。他笑了：“孟克……”

说起来，孟克和东周也是邻居。穿过这片草场，再走过一条去秋牧场的土路，一条深深的水沟，两片草场，就到孟克家了。孟克家的院子是这一带唯一用青砖修饰的，带有几何图案的院墙很有观赏性。这是他自己修的，他很有这方面的天赋。而且他长得不赖，又能说会道，难怪珍珍会喜欢他。尼玛站在孟克面前，打量着这个被珍珍豁出去保护的男人。

“孟克。”

“哦！”孟克尴尬地回应着。

“到底怎么了？”尼玛紧追不舍。

“我老婆不在家。”

尼玛一怔，接着哈哈大笑，但马上收住声音。他搂住孟克的肩膀，一边走一边说：“好，好，我知道了，但你别问我在干吗，总之不是你想的那样，你放心。”说完又嘿嘿笑起来，“可是，你们为什么要冤枉我？是你的主意吗？”

“是我的主意。”孟克说，“但你真的冤枉吗？”

“从某一方面来说，是的，但也无所谓。”尼玛不想在这件事上纠缠，已经没有意义了，“我最想知道的是，你怎么就挑上我了呢？”

“那两次我们在这里玩，你一直盯着画像看……”

“就因为这？”

“已经很明显了。”

“真操蛋啊！”

“咱们算是扯平了吗？”

尼玛郁闷地吐出一口气：“你要赴约吗？不去的话没有问题吧？”

孟克身不由己地随着尼玛离开草场，来到沙砾路上。尼玛拉着孟克，说我们去喝酒。他们又走过一段相当硌脚的小路，来到久美恒本家门口，但到这儿尼玛又不想进去了。他看见自己家的灯亮着，他知道康姐一定醒着，一定在担心他。

“不进去？”孟克问道。

“我要回家了。”他说，“我们扯平了。”

他转身离开，不再管孟克。他走到家门口，站在羊圈外面，扒着羊圈墙看里面卧着的羊群。铅灰的天空下，整个羊群像青色的冰块。他静静地看着。

无界的漫夜

1

宁高想不出自己有什么梦想，好像根本就没有。自己居然是没有梦想的人……梦想要是没有，这也太可笑了。他辗转反侧半个晚上，绞尽脑汁地想。第二天，他只能无奈地承认，自己确实没有梦想，以前没有，现在也没有。宁高想找一个，想了好几天，他焦虑不安，觉得无论怎么设计自己的梦想都是做作的，不真实的，是为了“梦想”而“梦想”的。不得已，他只好求助弟弟。

宁克惊诧地看着他，不确定地问：“你真没有？”

宁高摇摇头。宁克长长吐出一口气，带着点满足地说：“我终于见到一个没有梦想的人，但这怎么可能呢？”他变得兴致勃勃，“现在我问你什么，你就老老实实回答，我帮你找到梦想。”

宁高恼怒地看着一脸兴奋的弟弟。

“遇到一个没有梦想的人，我很激动。”宁克说。

宁高抬了抬手，宁克马上嚷嚷道：“干吗干吗？好哇，你又想打我……”

“闭嘴。”

“你最喜欢什么？”

“喜欢汽车。大卡车。”

宁克夸张地把茶水喷出来，乐不可支地摇摆身子。

“我就是喜欢开大卡车。”宁高说。

“那你想拥有一辆大卡车吗？”

宁高摇头，“不想。”

“为什么呀？”

“太贵，再说用它干吗呢？”

“拉货呀，挣得可多了。”

“不要人家说什么你就信什么，你怎么知道？”

“不好的话，怎么有那么多货车满公路跑。”

“那你说我们放羊放牛挣得多吗？牛羊还不是满草原都是。”

宁克翻了个白眼，接着问道：“那么，除了大卡车，你还喜欢什么？”

“喜欢马，比汽车还喜欢。”

“什么样的马？飞檐走壁的马——”

“又稳又快的走马，四银蹄黑枣溜走马。”

宁克一拍巴掌："这不有了，你想要一匹黑枣溜走马，这就是你的梦想。非常实在的梦想。"

宁高说："这也是梦想？"

宁克说："这当然是梦想。"

"很实在的也算是梦想？"

宁克被噎住了，好像是有点不对劲，但他觉得这绝对算梦想："你就说你想不想要一匹黑枣溜好走马。"

宁高摇摇头："不想。"

宁克怒道："这些你都喜欢，却都不要，那你说它干吗？"

"我是喜欢，可没到非要不可的地步啊。"

"但梦想也不是非要不可的东西……行行行，现在你说你既喜欢又想要的。"

宁高歪着脑袋想了一会儿，说："我现在最想要的，其实是一头野公牛，这个我真的想要。"

"野公牛？"宁克盯着哥哥半晌，觉得现在这家伙怪怪的。对，这种变化是从娶了塔娜以后开始的，变成现在这副什么都知道但什么都不在意的样子，很气人。他又觑了一眼宁高，宁高正眼巴巴地望着他给个回答。"你要野公牛干吗？"

"当然是给我们家的母牛配种啊。你不知道，托华的家里有一头野公牛，那家伙，大得吓死你，是最棒的种牛。"

"抓野生动物犯法。"

“你懂个屁，那是国家项目。”

宁克哦了一声：“那你也搞一头吧。”

“不，我不要祁连山的，我要可可西里的，那里的公牛才是最好的。”

宁克这回十分笃定地说：“那你想都不要想了，可可西里的野牛绝对是国家保护动物，不可能让你弄家里来养。”

“你确定？”

“百分之百。”

“那……这算是梦想吧？”

宁克气得站起来，却无言反驳。这似乎真的算是一个梦想，他说：“但这几乎是不能实现的梦想。”

宁高高深莫测地看着弟弟。“轻易能实现，还能叫梦想吗？你看看这两个字：梦、想。在我看来，梦想就是做梦和狂想的结合，本身就是不现实的。所以，如果我实现了我的梦想，那就太伟大了……”

宁克觉得自己犯了一个极大的错误，他似乎把哥哥引上了一条犯罪的道路。这条路可不简单，而且也几乎是梦想了。看着哥哥充满憧憬的表情，他就明白劝解是没有用的，哥哥突然发现了自己的梦想，正是快乐的时候。宁克小心翼翼地说：“这样的梦想，其实也没意思。”

“没意思？少来弹嫌我的梦想。”

“那你想怎么着?”

“当然是去实现梦想呀。”宁高理所当然地说。

“这样一来你要犯罪的，这可不值当，我觉得——”

“活人还能被尿憋死? 总会找到办法的。”宁高总算找到了真正的梦想。其实，他一直觉得有个东西就隐藏在体内的某个地方，蠢蠢欲动，现在这个梦想一出来，他十分肯定就是它了。这是一个好梦想，一个值得他付出的梦想。他陶醉在实现这个宏伟梦想之后的那种虚幻但正在靠近的幸福中，有一瞬间，他仿佛看到一头极为健壮雄浑的黑公牛漫步在他的牛群里，像一个王者欣赏它的妻妾。

2

宁高念了几年书，因为挨了老师一顿揍，一赌气，死活再不去上学了。阿爸乐呵呵地把羊群交给他，同时交给他的还有一匹待产的大肚子青马。那是宁高的第一匹马，他爱惜至极，去放羊的时候牵着，不骑，怕她受累，怕肚子里的马驹受伤。他牵了一个月，青马产下了一匹铁青色的小马驹，也是一匹小母马。宁高并不喜欢铁青色，看着像铁皮的颜色，很土。但阿爸说，现在看着是铁青，等过了一岁，就是一匹黑马。

但宁高没有等到马驹变身的一天，自从青马的肚子轻松了以后，暴烈的性子就回归本身，它变得有些桀骜不驯，宁高被摔了三次，因为他根本拽不住它，它不停地往前奔跑，仿佛永不疲倦。而家里另外一匹黑枣溜马的性子更烈，而且是一匹神经兮兮的马。实在没办法，阿爸就和一个人做了交换，把它们娘俩换走了。换来的同样是娘俩，一匹银鬃母马和一匹一岁多的黄马驹。马驹的一条后蹄子是白色的，这点宁高很喜欢，但他不喜欢银鬃母马的大肚子，看着像要产马驹了似的，其实并不是，它就是一匹大肚子马，而这样的马骑着在人前很没面子。况且这匹银鬃也太肉了，他要经常甩动缰绳打它才行，否则它就会停下来不走。那段时间，宁高常常唉声叹气，既怀念白马，又恼怒胯下的银鬃，怎么看都不顺眼。有时候他会无缘无故地抽打它，但它顶多跑几步，而后又是老样子。这让宁高对小黄马也不再抱太大的希望了。在他看来，有其母必有其女。小黄马的某些特征已经和银鬃一模一样了，而且很笨，一点不轻巧。

在换马一个多月后，这年夏季生活即将结束之际，他听到一个令他震惊的噩耗：他的青马被新主人给活活累死了。那人骑着它从山脚一口气跑到山顶，青马跑啊跑啊，结果把自己跑死了。

宁高的心像被刀猛戳了一下，他愧疚，这都是他的错，他不应该换掉它……他更对那个留着一头长长的鬈发的男人恨之入骨，他从来没有这么恨过一个人。这个人像一团阴云一样盖在头顶，让他长久地不舒服。可现在，这件事情过去十年后，他却和这个人成了亲戚，因为他是塔娜的舅舅，也就是他的舅舅。现实让他在青马和塔娜之间做一个抉择，他选了塔娜。这件讽刺至极的事情又成了他心里的一团疙瘩，娶到塔娜的高兴劲儿被冲去了一大半儿，他觉得十分憋屈，既后悔又庆幸。后悔没有早早实施报仇行动，他一直在等待一个绝佳的时机为青马报仇，但没有等到。而庆幸的是，幸亏没有报仇，不然他可能就与塔娜有缘无分了。

宁高结婚时给塔娜的亲人敬酒，敬到她舅舅这里时，宁高打心底里过不了这一关，他装着要吐酒跑出去，过了好久才进来，这时因为时间关系，敬酒这道程序马马虎虎算是完了，对此女方家颇有微词，说女婿不上心。后来塔娜知道了原因，也理解他。过年过节从来没有逼迫他去舅舅家，都是她独自去的，至于她怎么解释他的缺失，她没说他也没问。结婚四年来他只见过那个男人两回，就是当面相遇的那种，更多的场合，宁高都是远远躲开他的。可这样的行为使得宁高更愤懑，他为什么要躲？因为他怕控制不了自己，把场面搞得不可收拾。他现在再也不能没有顾忌了，有太多的人牵涉其中，他一闹，这些人必受无妄之灾。最重要的当然是不能伤了塔娜的心。塔娜是他的宝贝。

但这次宁高不得不去见他一面。

这是第三次他们正式见面。宁高看见的是一张苍老到几乎使他诧异的脸。那头长长的鬈发早在好几年前就褪去了。他也不是原来的那个远近闻名的神枪手猎人了。事实上，因为疾病的折磨，这个叫八斤的男人浑身都散发着一股浓烈的厌世情绪，如果改天他自杀了，宁高一点也不会奇怪。他的眼睛里的那种犀利而咄咄逼人的光芒也黯淡消失了，宁高为此感到可惜，除了他，宁高没有在任何人的眼睛里看到过那种光，那光仿佛是他独有的东西，但现在也没了。房间里很沉闷，他的第四任妻子出去了，剩下他们三个人。宁高感到尴尬，不管怎样，临到一个人病入膏肓了才真心实意来看望，实在不算是一个善举。而且对这个人，宁高是陌生的，陌生到不知道他多少岁，他妻子叫什么……他的一切状况，宁高都很陌生。自进屋后宁高只说了两句话，八斤问他父母身体情况，家里牛羊的情况。八斤问一句，他答一句，然后他硬邦邦地坐在一张靠背椅上，看着这对舅舅外甥女谈话。其间塔娜蛮有深意地瞥了他一眼，他搞不清是什么意思。八斤颓靡的声音在房间里显得悠长而卑微，宁高不自然地动了动，说出去看一下马。塔娜说，马怎么了？

“大概踩到嚼环里了。”他含糊地说着，走出房间。他从堂屋的窗户往外瞧了一眼，拴马柱又黑又高地矗立着，两匹马安安静静地站着，似乎睡着了。马鞍、嚼头和缰绳都安好。他绕到屋后，登上了那座几十米高的山坡，这里的固定经幡的钢管有七八米，竖立着显得更高了，从很远的地方都能看得见。宁高发现八斤喜欢高高立起来一些东西，拴马柱、经幡柱、路边网围栏的大门，都是又结实又高耸的。经幡翻动的声音非常大，哗哗的，像夏天的一种雷声。天气正在变化，他觉得该早点回去，回去的路程需要两个小时。要是有一辆摩托车，估计连半个小时都用不了。在要不要买一辆摩托车这件事上，他纠结了很久，这会儿终于下定了决心。

八斤执意留他们吃晚饭。塔娜不能狠心拒绝，答应了。八斤说："你想吃什么？家里有黄蘑菇。"

塔娜说："好啊。他和我一样爱吃黄蘑菇，还因为吃得太多闹过肚子。"

宁高没有说话，但心中不快。她干吗说这个？她这个举动很荒唐。

八斤说："好啊，那就炒一盘来吃。"他把不怎么说话的妻子叫进来，交代了一下。

宁高再次坐回原来的椅子，观察了一会儿房间里的摆设。一阵密集的敲打声在屋顶响起，雨这么快就来了。

"宁高今年有多少母羊？"八斤看着他。

"哦，大概有二百只吧。"

"嗯，草场的压力倒是不大。你的牛呢？"

"六十几头。"宁高喝了一口茶，"没有多少。"

八斤的声音很小了："挺好的，条件是越来越好了，我记得以前可没有这么多。你俩挺不错。”

聊了几句，宁高说:“您现在还想骑马吗?”

“想得很呐，可惜……”

塔娜说:“舅舅，你先休息一会儿吧，咱们吃饭的时候再聊。”

“你干吗?”出了房间，塔娜很生气地看着他。

“聊天嘛，不然我不知道说什么。”

“我知道你想说什么。”

“我没忍住，但我不会乱说。”

塔娜说:“原谅他吧!”

宁高说:“我不说了。”

3

他们回家的时候，月亮出来了。这是他们小两口结婚以来第一次夜间出行，颇有一番情趣，他有点冲动，对塔娜动手动脚的。塔娜说你不乱摸，我就给你唱一首歌。塔娜的歌声很好听，他在结婚以前听过，后来她不好意思给他唱，说给他唱歌比给别人唱歌更害羞。

塔娜唱了一首《离别》，很动听，就是太伤感了，尤其是在这样一个忧郁的夜晚。最后她动情了，声音哽咽。宁高大声说好听，又说了些不着调的话。他灵机一动，把第一次见面时说的话重新说了一遍，塔娜说那时候你可真坏。宁高说，男人不坏女人不爱。塔娜说，你胆子不小，我说了阿爸在后面你根本不管。

“管什么呀，那时候见你一面多不容易啊，和你说几句话才是最重要的。”宁高心有余悸地说，“那时候你被管得真严啊，我找了好多机会，差一点就失败了。”

塔娜说：“我们村的几个小伙子快把阿爸烦死了，他一见到小年轻就气不打一处来。”

“可不是，看见我鼻子不是鼻子脸不是脸的。”

“那你怎么突然离开了，我一回头，你已经不见了。”

宁高说：“我的包和衣服扔在我看见你的那个地方呢，我去取了，回来你已经不见了，我找了好久。”

“这些以前你怎么没说过？”

“我本来以后要说的。等我们老了以后。”宁高把她抱了过来，共乘一骑，让她骑在前面。他搂着她，感到十分幸福。这样默默地走了一会儿，月亮蒙上一层云巾，一点亮光都没有了。但马没有受到影响，稳稳当当到家了。宁高看了一眼手表，说咱们买一辆摩托车吧。

“要好几千块钱呢，再说阿爸会同意吗？”

“现在是我当家。”

“太贵了。”

“很多人都买了，今年不买明年也要买，不如早点买。”他说，“你的梦想是有多少牛来着?”

“二百头。”

“嗯，我们现在有六十七头牛……你放心，只要不卖牛，很快就到二百头了。”

“怎么可能呢，再说草场也不够吃。”

宁高摆摆手:“这些事你不用操心。”他说得轻巧，自己却不知道要怎么办。但他认为这些事是男人的事，女人不应该管，再说也管不了。他卸了马鞍，给马打了马拌放了，鞍子都抱回毡包，洗漱一番回到小帐篷里躺下的时候，已经快午夜了。

第二天一大早，宁克就在外面大呼小叫，说要训练一头骑牛当座驾。宁高听见阿爸也在兴致勃勃地帮忙物色合适的牛。他寻思着今天要做的事情，但摩托车的事情霸占着他的脑子，不让他去想别的事情。他和弟弟阿爸一起撒绳套住一头三岁的秃头白犍牛，用烧红的铁棍烧穿了鼻孔，再用柳木削成的鼻环穿好扎紧，拴上绳子。白牛被松绑后起来就跑，宁克一拽绳子，小牛来了一个一百八十度的掉头，它痛得鼻子流出了鼻涕，但它还是不死心，又犟了一会儿才老实下来，站着一动不动。宁克叫嚣着，却没胆子骑上去，他连小牛身体都挨不到。他牵着伸长了脖子的小牛走动，说是先要它适应一下，过两天再骑。

宁高跟阿爸说购买一头野公牛和摩托车的事，阿爸很赞许野公牛这个想法。他没有详细询问具体情况，他已经不管这些事了。但对于买摩托车，他问："家里有那么多钱吗？"

"没有，所以得卖些羊或者牛。我想还是卖羊吧。"

"不要卖母羊，母羊太少了。"

"卖羊羔和羯羊。"宁高说。

阿爸嗯一声走开了，似乎卖羊这件事让他心情不好了。宁高去找收羊的拉什加，说好晚上来看羊。宁高和拉什加聊了一会儿，主要是打听一些消息。然后他直接去了羊群那里。远远看见宁克牵着牛跟着羊群，他终于骑上牛背了，但一眨眼就掉下来……这样重复了好几次。

"这牛毛病还不少。"当宁高到来，宁克气呼呼地说，"它是哪个母牛生的？也太犟了。"

宁高说："明天，我们买摩托车去。"

"买一辆什么牌子的？"宁克说，"千万不要买杂牌。"

宁高说："杂牌？"

宁克想了想："反正你没听说过的都是杂牌。"

宁高也想了想："所有的牌子我都没听说过。"

"难道你就没有研究研究？"

"我研究它干吗？"

"你不是要买摩托车吗？怎么不研究研究？"

宁高说："管他呢，明天去了再说。"

宁克说："你的梦想改了没有，可以换一个。"

宁高说:"不用,我就去实现这个梦想。"

"这可绝不是一件好事。"宁克试图让哥哥回心转意,"犯罪的事情我们不做的。"

"我觉得没有你说的那么邪乎。"宁高说,"办法都是人想出来的。"

宁高打定主意,要尽快实现这个梦想给弟弟瞧瞧,让他知道知道厉害。

傍晚,拉什加来了,拿着一把很先进的枪。他跟着宁高在羊群里站着,看了宁高指给他看的羊。拉什加是这一带出价最好而且最干脆的人,宁高对他给出的价格很满意。商定以后,宁高就饶有兴致地看着拉什加用那把枪给十只羊身上打上记号。枪里面喷射出来的是一种宁高没有见过的粉红色的颜料。一粘到羊背上就是一大片,很靓丽。宁高一下子喜欢上了这种颜色,问了颜料的卖处,决定把自己的羊群的记号全部换成这个颜色。

晚上吃饭的时候,宁克嫌弃阿妈在饭里放的肉太少,被阿妈在脖颈上抽了一巴掌。他们一家五口人,一边在比蜡烛不知亮多少倍的太阳能灯下吃饭,一边听单田芳的评书《张作霖》,听得如痴如醉。到了八点半,今天的一集说完了。宁高遗憾地扭动收音机的调频,似乎想奇迹出现,再播出一集。但收音机只有三个台可以收到节目,宁高拧来拧去,最后什么也没有。这时宁克就埋怨他,因为他要听晚上十一点的情感栏目。宁克不死心地把收音机摆弄了一会儿，还是什么声音也没有。“这下好了。”他说，“收音机肯定被你弄坏了。”

“是老毛病，明天就好了。你可以听音乐啊！”

“没有好磁带，你有好磁带吗？”

“我没有，但塔娜有。”

宁克直愣愣地盯着塔娜，塔娜说：“你想得美，我自己要听。”

“就借我一个晚上。”

“一分钟也不借。”塔娜狠狠地剜了宁高一眼。

十点钟，宁高和塔娜去小帐篷睡觉。宁克和阿爸阿妈睡大毡包里，他在炉子这一边打个地铺，阿爸阿妈睡炉子那一边高山柳铺成的矮床上。收音机被塔娜提走了，宁克气咻咻地说：“哪天偷光你的磁带。”

塔娜说：“你试试。”

宁克说：“你今天晚上借给我，我下次回来时给你带几盘好磁带。”

塔娜犹豫了，站在毡包和小帐篷之间纠结。宁克说：“只要今晚你借给我，到时候你要什么磁带我就给你带什么磁带。”

塔娜说：“你说话算数吗？”

宁克说：“百分之百算数，我要是骗了你，你就不要给我饭吃。”

塔娜把收音机给了他。“你走的时候，我会告诉你要什么磁带。”

第二天宁克赖账，说：“阿妈根本没让我听，说吵她睡觉。”

“那我不管，反正我把收音机借给你了，听不听是你的事情。”

一早上他和塔娜就这样为了这事争执。宁高说我们出发，宁克嘟囔着去骑马。他自己有一匹八岁的“油赤”马，很乖，但因为差不多一年没有人动它，它被套住的时候有些激动，着实跳腾了一会儿。鞍子是宁高备上去的，宁高骑着自己的枣溜马走出去老远，宁克还在牵着马走。宁高喊：“你打算就这样走过去？”

宁克狡辩道：“我让它适应一会儿，马上就骑，你先走吧。”

“你倒是骑啊，你行不行？”宁高说，“不行的话你骑我这个，让我来。”

宁克还是狡辩道：“我当然行。你先走吧，我马上追上你。”

“快点，要不然赶不上班车。都快到九点了。”

“我知道，误不了时间。”宁克又牵着马走了一会儿，找了一个小土疙瘩，站上去。他觉得站高一点踩马镫有利于掌握主动权。他把左脚放进马镫的时候，观察着“油赤”的反应。“油赤”什么反应也没有，他觉得有诈，以前他天天骑的时候，它也不可能一点反应也没有。它想干什么？宁克把脚放下来了。他盯着“油赤”的脑袋看了片刻，又鼓起勇气踩上蹬。念了几年书，他的胆气越来越不足了，这使他感到羞愧。他有点生它的气，骂了几句。它还是什么反应都没有，在原地一动不动。宁克双手扶着马鞍跳了跳，有一次差点就把腿撇上去，但快要跃过脊背的时候他心虚了，急忙收回来。他沮丧地将头顶在马鞍上，然后一咬牙，终于骑了上去。

“油赤”安安静静的，他骑上去了它也一动不动。他轻轻一抖缰绳，它就活过来一般立刻精神抖擞，朝远去的同伴迈开轻快的步子。宁克在“油赤”脖颈上摸了又摸，说了一大堆好话。他很快找到了熟悉的感觉，松了嚼环让“油赤”奔跑起来，很快就看到哥哥，公路也遥遥在望了。

4

他们把马拴在卫生站后面的风力发电机柱子上。宁高跟医生瓦森大夫说了一声，让他看着点马。然后他们来到公路上等候从刚察县到西宁市的班车。这辆班车经过卫生站的时间是九点三十五分，但今天不到九点三十分车就来了。车里面没有一个空位，他们只好站着。宁高将车上的所有人看了一遍，没有一个认识的。他突然好奇：这些人的梦想是什么？他们会去实现自己的梦想吗？还是仅仅就是一个梦想？昨天晚上他分析过，实现梦想的第一步，应该搞清楚把野牛弄出来的流程，就是说他得知道他们是怎么把野牛弄出来的。

他觉得一个人干困难太大了，于是让宁克收集这方面的资料，最好总结起来，好让自己有个大概的了解。宁克说不好弄。“我们以前并没注意这些事，现在得从头开始。”他说，“而且毫无头绪，该怎么弄也不知道。”

“可以找人，也可以查资料啊。”

“我估计没有这方面的资料。你就不认识懂行的人？”

“我去找找看，但估计希望不大，因为那人很高傲。”

“他高傲什么呀？”

“大概因为自己是富二代吧。”宁高说。

“我们要么彻底成功，要么彻底失败，别无他途。”宁克说，“不是我打击你，失败的可能性很大。非常大！”

“我一定要试一试。”

宁克眨了眨眼睛，说：“你让我想想……你要可可西里的野牛，那么首先就要搞清楚可可西里。你知道可可西里吗？”

宁高说：“大概知道一些。你知道多少？”

他们小声地交谈着，不知不觉到了镇上。镇上有六家修理兼出售摩托车的店面，他们一家一家地逛。每一家的车子都不一样。宁高说不上哪个好，也不知道哪个不好，宁克说他知道。这些车的价格从四千到六千多不等，宁高看得眼花缭乱，宁克研究得起劲，似乎很有一些发现。宁高走到店外歇了歇。有人莫名其妙地递烟给他，他接过来点上，抽着，和那人聊了几句。他的思绪不在谈话上，不在摩托车上，他想的是可可西里的野公牛，他没来由地意识到只要迈出第一步，接下来就好了。可可西里、无人区、野生动物保护站、志愿者、当地藏族牧人……

宁克在叫他：“这辆车不错。”

“多少钱？”

“四千四百块，赠送一个头盔，一副手套，还有一条载重盘上用的橡皮绳。”店主说。

“那就这辆吧。”宁高说。

5

他们骑着摩托车到加油站加油后，宁克非要开一会儿。他以前几乎没怎么动过摩托车，但除了刚起步时有点歪歪扭扭，接下来倒是很顺畅。有一段路他加大油门，速度达到了九十迈，宁高敲打他背后让他减速。到了卫生站门口，宁克说他还想开一会儿。宁高骑着一匹马又拉着一匹马回到家，看见宁克骑着摩托车绕着毡包和牛档一圈又一圈玩得不亦乐乎。宁高破口大骂，说它吃的是花钱买的汽油，而不是免费的水。

这辆红亮红亮的摩托车一停在门口，顿时给家里带来了一股玄妙的气氛，仿佛生活就此跃上另一层面了。

晚上，宁高给摩托车披上一张旧毛毯。阿爸说下次买一个网兜。“再找一个小一点的毛毯把油箱给包起来，据说这样摩托车能受保护，而且很省油。”

“对，有经验的人都这么干。”宁高说。

阿爸说：“再一个就是，草滩对避震器损害很大。”

宁克说：“要经常更换机油，不然会拉缸的。知道拉缸不，就是油箱底下的发动机里面会粘在一起。你听见那个老板怎么说了吗？”

“什么呀？”

“他说新车最好骑到两千公里时就换一次机油，以后是四五千公里换一次。冬天有防冻机油。”

阿爸说：“你倒是记得清楚。学习上记得也这么好吗？”

“当然记得好，不然怎么考得上大学？”宁克张嘴就说。

阿爸脸色不善地盯着他，显然很不满他的顶嘴。阿爸就是这样，他的老观念里面有一条：无论如何，跟老子顶嘴的都不是好孩子。宁克很憋屈地撇撇嘴，不再说了。

阿爸满意地一挑眉毛，说：“明天去寺院里，请罗藏阿卡来家里念平安经。我说好了明天去请他，看看他哪天有时间。今年我们家念得晚了，杨劳那个杂种，我让他给骗了。”

宁高不用问就知道所谓的骗，就是杨劳利用小聪明提前请罗藏阿卡去他们家里念经，惹得阿爸不痛快。这些事宁高是从来不管的，都是阿爸和阿妈在操心。虽然家里的主事权已经下放给了宁高，但比之更重要的信仰方面的权力，他们两口子显然还不打算交给他。或许他们觉得儿子还年轻，和所有的年轻人一样，并没有真正理解这些宗教事宜所包含的意义；或许是老了以后，他们更能从信仰中得到想要的东西，总之他们对这些事一直都很上心。这使得宁高的心思很少在这里，很多时候都是阿爸说什么他就做什么，也不问为什么这么做。

听说要去寺院，宁克就开心了，他说："阿爸，明天我们骑摩托车去吧？"

阿爸说："你能行吗？"

宁克说："行，怎么不行。"

"他们知道了会来搭红吧？"阿妈问阿爸。她说的是那些买了新摩托车后阿爸去贺喜过的人。每一个摩托车都是给披了上好的红缎子的，那些缎子可不便宜，阿妈心疼了好久。现在有机会把绸缎收回来，她就上心了。

阿爸说："我哪知道，按理说是要来的。"

"就怕他们把不好的缎子拿来，我出的可都是最好的，还不是因为你死要面子。"阿妈埋怨阿爸，"要不然我有的是不那么好的绸缎……"

"行啦行啦。"阿爸说："会来的，你担心什么。"

半夜里开始下雨，宁高出去看摩托车。毛毯被风吹跑了，他在孱弱的手电光下找了许久才找到。他想着要把小帐篷里的一半地方收拾出来放摩托车，一直扔在外面可不是个好主意。他带着一身寒气钻进被窝，把塔娜激灵的一哆嗦，梦里不安地动了动。这一下勾起了他的欲望。他的手在塔娜身上上下抚摸，一会儿两只手盖到了她前胸。她醒来了。塔娜很生气，骂了几句，背对着他，很快又睡熟了。她的瞌睡挨枕就来，哪怕刚刚吵架也不影响。宁高睡意全无，他睁着眼睛，无聊地听着雨水拍打在帐篷帆布面上的声音，魔怔了似的又开始思考可可西里的野牛要怎么弄回来。他现在终于意识到，合理合法的行动对于这个自己搞出来的（几乎就是被逼出来的）梦想的重要性。他觉得这件事归根结底要怪弟弟，要不是弟弟胡扯什么梦想，他就不会有这些麻烦。因此，第二天，宁克和阿爸去寺院之前，宁高叫弟弟这两天好好琢磨一下要怎么开始行动。

“这件事必须要解决，不然我心情不爽。”宁高说。

宁克说：“你什么意思？我还有自己的事情呢。”

“既然你把我的梦想给逼出来了，那你就得负责。”

“你说什么？”宁克吃惊地看着哥哥，“你再说一遍？”

宁高说：“既然你把我自己都不知道的梦想给逼出来了，那你就要负责到底，直到我的梦想实现为止。”

宁克脸都气红了。“你太不要脸了，你怎么全怪到我的头上来了？”

宁高说：“就是因为你多事，才会有这件事，你说呢？”

宁克紧紧地闭着嘴巴。“这下好了。”他心中懊恼，恶狠狠地盯着哥哥，这下自作自受了。宁克不敢把宁高的话当成耳旁风，宁高可不是随便说说，有时候他脑子一混能干得出任何事情来。宁克相当郁闷地载着阿爸去寺院了，他答应宁高会好好想办法。

他们走了以后，宁高来到羊圈，在羊群里穿过来插过去，把羊数了一遍，三百三十六只。但里面有十只已经不是他的了，他失落地站了一会儿，然后去洗脸刷牙，拧开收音机听新闻，吃早饭。阿妈和塔娜挤奶去了，再过半个小时，她们的工作会结束，也到了羊群出圈的时候。他会将牛羊群朝今天要放牧的方向放开，然后他再磨蹭一会儿，骑着马慢慢地跟上去。一天的放牧生活便这样开始。他现在越来越烦这种无聊的生活了。只要他去放羊，就想干点别的事。只要看见一个人他就会跑过去聊天。几个月前，他就这样碰见了华尔登的老婆多吉措，他十分惊讶于她的漂亮。他们聊了起来，不知怎么回事，他脑袋一热，就摸了她，但她一点没有生气，轻笑着跑开了。后来他们有意无意地经常碰面，终于有一次他把她压在了身下。他们开始秘密约会，最疯狂的一次是在一片高山柳林里。那天阴沉沉的，他们在林子里待了好几个小时，没有管羊群。她故意叫得很大声，他用嘴或者手堵她的嘴……再后来她开始躲起来不见他。他也没有死缠烂打，很自然地适可而止了。

但这件事一直像炸弹一样埋在他心里。事情发生过就永远不会真正消失为此宁高有一段时间相当苦恼也相当敏感从某种意义上这件事成了一切苦恼的源泉他越分析越觉得梦想的到来有力地缓解了压力或者说转移了压力他从出轨这件事情中把自己是一个怎么样的人看得清清楚楚按照他的本意以后再也不做超出承受能力范围之外的事了但生活反着来的时候总有那么多而且总是让你不得不接受你越不想就越是难以脱身。宁高早已过了行云流水般潇洒过日子的年月，而且他恍惚觉得没有过这样的日子。他才二十六岁，说大好年华刚刚开始一点没错，可他的心情他明白，欢快的感觉一天天减少着，慢下来，终有一天会彻彻底底停下来，犹如一摊无处可去的死水。

宁高发现天气变了。云朵一层一层地添加着，在秋风的助推下迅速地占据了空中所有的位置，接着从白色和银灰色慢慢变成黑灰色。这是一种一片白布被水浸湿了的变化，很有意思。秋天一到，雷声就一下子没了。炸雷的缺席使得再阴霾的天气也少了惊心动魄的气势，但这往往就是欺骗。宁高对秋雨的惧怕由来已久，但凡遭受寒冷折磨的记忆，无一例外和秋雨有关；但凡无穷无尽潮湿的冰水横流的记忆，无一例外是秋雨带来的。所以，他一看冷雨将至，便早早地邀转羊群，跟了一会儿，差不多觉得羊群能够自己回家了，他就丢下羊群，快马加鞭往家里跑。

青蒙蒙的雨雾从地平线垂下，不紧不慢地推进，雨点很快密集成片。阿爸和弟弟还没回来。阿妈坐在门口布檐下，朝雨中张望。宁高说："要不我去看看？"

"不用，指不定又在哪儿喝酒呢。"阿妈仿佛想到了阿爸曾经那些夜不归宿十日九醉的日子，神色变得愤懑，"都老了还不要命地喝，你说他的脑子是怎么长的？"

宁高当然不知道阿爸的脑子是怎么长的，他小时候讨厌喝酒，因为喝酒的人吵闹不休，而且阿爸喝完酒就要酒疯不睡觉。现在长大了，宁高自己时不时也喝一喝，醉一醉，才知道酒其实是男人最难以割舍的东西，而且最贴心最忠诚。他理解了父亲，但女人永远不会理解。

他去了小帐篷，塔娜难得有这样的悠闲时刻，正躺着听录音机。看见他进来，翻了个身，翘着圆浑浑的臀部。宁高一屁股坐了上去，觉得好玩极了。闹了一会儿，塔娜说要去做饭。

"这才四点多。"宁高说，"今晚吃什么呀？"

塔娜说："吃饭呀。"

宁高从后面抱住塔娜："吃什么？"

塔娜说："吃饭呀。"

宁高在她胸前使劲捏了捏，说又大了好多。他确实觉得大了不少，本来就不小，现在更大了。难怪她从来不戴可以撑起乳房的那种胸罩，根本不需要。她反而将胸往平里压住，说颤巍巍地翘在眼前让她羞愧，没脸见人。宁高贴紧她的身子。塔娜开始挣扎，但他正好乘机把两只手全部从衣服下面伸了进去，这次是没有一点隔阂地握住了，他又满足又遗憾地喟叹一声，在她后颈亲了又亲。塔娜说不要不要。

宁高含糊地说："再让我摸一会儿。"

塔娜非常不自然地扭动着，轻轻地叫出了声。她抓住他往下面跑的手，狠狠地一掐，逃出了帐篷。他也跟着出去了，用手臂遮在头顶跑向毡包，眼角的余光看见有一个骑马人朝这边来。他略一犹豫，朝那人迎过去，但心里埋怨着这个人来得不是时候。

来人是黑占，他老远就喊道："宁高，快走，你阿爸被摔了……快点……"

宁高愣怔了几秒，然后在黑占的再一次呼喊中向马跑去。他回头一瞥，阿妈声音尖细地问黑占怎么回事。黑占说不知道："他们被摩托车摔了……雨太大……"

宁高问，在哪里？黑占说跟我走，他们打马飞快地奔跑。宁高说："怎么样啊？严重吗？他们伤得重吗？"

"你弟弟没事。"黑占说，"你阿爸有事，他起不来。"

宁高说："腿断了吗？"

黑占说："我不知道。"

宁高心乱如麻。

他远远就看见他们了，红色摩托车异常醒目。他看见弟弟站起来了，又蹲下去。雨水一个劲儿地迷糊眼睛，他擦了几次。眼睛里进了水，很疼。他始终没忘记控制着马不要滑倒。他警惕而又奇怪地想，要是自己再出事可不得了。

阿爸斜躺着，他朝宁高这边看了一眼。宁高已经认不出阿爸了，阿爸脸上全是血，鼻子和右眼都血肉模糊。宁高的呼吸骤然发紧，阿爸脸上的血和雨水混合着往下流，当他跑近时，才发现阿爸右边的耳朵不翼而飞。

宁高紧张地张不开嘴，眼睛根本不敢在阿爸惨不忍睹的脸上停留一秒钟。他呆呆地盯着阿爸的腿。他看出来了，腿也出问题了，但看不见血，也没有明显的歪折。他听见哭声，这才想起宁克。宁克看上去一点事也没有，在朝他说什么。这时黑占拉了宁高一下："赶紧先送医院吧。"

宁高终于喊了声："阿爸。"

阿爸的表情因为脸上的伤显得很怪异，仿佛有一层皮给扒去了。

"你们留在这里，我去找车。"黑占说完就骑上马，朝公路跑去。宁克坐在阿爸身后，一言不发。阿爸靠着宁克的身子，痛苦地闭着眼睛。宁高六神无主，他发现自己在颤抖，而且根本没法停下来。

过来好一会儿，黑占领来了一辆小货车，货厢里拉的是羊。开车的人是一个不知道名字的熟人。他们几个人小心翼翼地将阿爸抬进车里。在这过程中阿爸始终没有睁开眼睛，疼痛使他根本没有精力去关注外面的一切，有一会儿宁高感觉阿爸已经晕过去了。等货车重新驶上公路，朝着县医院奔驰的时候，阿爸短促而沉闷地哼了一声，终于睁开了眼睛，他艰难地扭过头，朝宁高和傻子一样的宁克看一眼，然后惨烈地笑了笑，含混不清地说了一句："公牛来了吗？"宁高说："阿爸，你别担心，马上就到医院了。"阿爸又垂下了头。有一段时间宁高只听得见雨刮器哗哗地摇摆声，雨越下越大了。宁高没意识到阿爸已经死了。他怔怔地盯着公路上的雨，直到闻到一股很浓烈的羊的屎尿味儿，这味道从身后的卧铺上传来。他看了看司机。司机说，你看看你阿爸。宁高看着阿爸。阿爸仿佛睡着了，很安静。宁克从另一边扶住阿爸肩膀喊，阿爸，阿爸。但阿爸再也不动了。宁高想，阿爸就这样死了吗？死了吗？

可是，阿爸死得太快了，宁高一点也悲伤不起来。他甚至觉得这一幕太可笑了，也不是真的。

6

阿爸的遗体被运送到了另一个县，因为只有这里有火葬场。

在阿爸去世的第二个晚上，在他冰冷地回家后的二十个小时后，他被绸缎和哈达从头到脚包裹得严严实实，抬上一辆白色小货车，车厢里坐满了人。阿爸的两个兄弟和三个侄儿，宁高他们兄弟俩。从家到火葬场的途中，谁也不说话。现在，宁高意识到事情就这么发生并结束了。以后，再也见不到阿爸了，永远不会。他想再看看阿爸，但阿爸现在成了一个被裹得严严实实的长条东西。

火葬场旁边有一个很小的经堂，是专门用来超度亡者的。当阿爸被推进那个银晃晃的大铁箱子后，宁高他们在外面的空地上点燃了牛粪，煨了桑，把阿爸生前一些心爱的遗物给烧了。这些东西里有十分陈旧的烟斗，曾经用来抽打牦牛和宁高两兄弟的皮鞭，一副褐色的漂亮的马笼头，一条三色编织的缰绳，还有一些衣服。然后他们去了经堂，每人拿了一个转经筒，靠着墙坐下，一边摇着一边念经。他们前面是一排长条矮桌，两边坐了十几个喇嘛。大部分都是年轻的小喇嘛，他们在坐在最前面的老喇嘛的带领下，无精打采地拖着长长的音调诵经。隔一会儿，就会有一个喇嘛将手里的铜铃摇一下。不知道是不是宁高的错觉，那铜铃的声音清脆而穿透力十足，每一次听完这种脆生生的音响，他都会盯着那个喇嘛的手，等待着下一次铃响。

而他更惊讶地发现，他的这些亲人们，好像每个人都是念经的好手，他们的嘴唇动得频繁而利索，经文争先恐后地冲出来，汇入经堂中恢宏震耳的梵音中。经堂里只有他和弟弟闭着嘴。他觑一眼浑浑噩噩的弟弟。弟弟傻了似的，一句话也不说，眼珠子直溜溜盯着某个地方半天不动弹。宁高推了一下，叫他不要停下转经筒。宁克茫然地看着他。

到了凌晨四点钟，阿爸的骨灰出来了。三叔拿来了一把锤子，把骨头砸碎，骨灰装进一个坛子里。宁高的眼珠跟着锤子移动。他知道这是一把专门用来砸碎人骨头的锤子，所以感到很神奇。以后，他自己也有可能被这把锤子砸碎。这把锤子砸碎过多少人的骨头？随后他把目光打量到坛子上，他闻到了一股怪怪的味道，这就是骨头的味道。一个人烧成灰的味道如此特别，还带着一种灼热，干枯而刺鼻，好像要把人的呼吸中的空气抽去。他听到他们开始说话了，听到他们在可怜弟弟，说他傻掉了。宁高奇怪地看着他们。他们的表情有一种掩饰不住的轻松感，仿佛挣脱了冰寒烤到了火。他们说到把骨灰撒到哪里，三叔说这个早就请教了活佛找好了地点，就在冬草场朝南的那个山沟里。二叔问是哪一个山沟，三叔说第三个山沟，里面已经打好了记号。

他们回到家时，很多亲戚都在。阿妈随意地看了一眼骨灰坛子，对他们说拿去撒了吧。他们喝了几碗热茶，胡乱吃了一些东西，再次出门了。这回不用坐车，他们走了三四公里，就到那个山谷的山口了。三叔带着他们继续往山谷里面走，去找打过记号的地方。这是宁高家的草场，他却不知道什么时候阿爸请活佛看了地方，并做了记号。冬天和春天的时候，他几乎每天都要到这里来，也从来没发现有什么异常。而让他最奇怪的是，阿爸为什么不告诉他呢？或许是阿爸还没来得及说吧。他只能这样想。

宁克从身后追上来，接过了骨灰坛。他终于流泪了，这让宁高放下担心，也为自己的无泪感到难为情。他在烧阿爸的遗物的时候想流一些泪水，但憋了好一阵子也没有反应。

前面的叔叔站住了，他们站在一个黑场窝上。这是很久以前的营地，那些黑色的土地是长时间被牛羊粪侵蚀造成的。黑场窝上有几块大石头，三叔说这就是记号。宁高仔细观察了一会儿，说不可能，这些石头被水冲过，它们本来在更上面的地方。

“去年冲过了，今年好像也冲过了。”宁高说。

“是吗？”三叔说，“我怎么觉得就是这个地方？”

宁高说：“不是这里，三叔，是上面的一个跟这很像的地方，这几块石头原来的位置我知道。”

“我认为就是这个地方，我和你阿爸来过，没错，就是这里。”

“你们什么时候来的？”

三叔想了想，说：“前年春天。”

宁高说：“那就没错，三叔，这些石头三年前不在这里，我知道它们本来的位置。”

三叔看着宁高：“你阿爸不知道石头被水冲走了吗？”

“他也经常来草场里，他应该知道。”宁高对此也不太确定。

“那不就行啦，他既然知道，却又没有做什么，就说明他同意这个地方，石头到哪里他就到哪里。”

宁高说：“这可不行，佛爷说的地方才是最好的地方，不能随便改。”

这时候二叔说："地点差不多，上面下面我看都一样。"

宁高说："绝对不一样，二叔，这之间的距离可不是一回事，还得往上走一会儿呢。那里比这里好。"

二叔和三叔对视一眼。二叔说："你这孩子怎么这么犟呢？我们是你叔叔，是你阿爸的弟弟，我们知道该怎么做。再说，你怎么知道哪里好？"

宁高说："二叔，三叔，你们不能乱来，我还是阿爸的儿子呢，我觉得还是原本看好的地点最好。"

三叔突然发怒了，说："你胡搅蛮缠想干吗？我和你阿爸来看地方的时候哪有你？我们看过的地方就是这里，你说的那是什么乱七八糟的地方，我们根本不知道。"

宁高不想把事情弄得收不了场，他忍着火气说道："二叔，三叔，这是我家的草场，这三块石头这么大，我能不注意吗？它们原来确确实实不在这里，我不知道阿爸有没有发现，或许他真的没有发现呢？如果你们在几年前看过地方的话，那就绝对不在这里。"最后几个字宁高说得斩钉截铁，以表示自己坚决的立场。

三叔破口大骂起来，他骂得飞快，宁高根本没听清楚。因为他的骂是夹杂着汉语方言、蒙语和藏语的。他情绪激动地指着宁高和宁克，说你们害死了你们的阿爸，你们这两个混蛋。二叔说，没错，你买摩托车干什么？你是想自己嘚瑟吧？这下你满意了……三叔说，你的小心思难道我们不知道吗？你阿爸就是太纵容你们了，要是放到我手里，你们的皮子都会被扒下来。你们一个买摩托车一个骑摩托车，你们一起害死了自己的阿爸。

他们你一言我一语，宁高宁克沉默地站着，听着。三个堂弟畏畏缩缩地杵在二叔三叔身后，连吭都不吭一声。宁高突然大声骂了一句。

三叔的骂声戛然而止："你说什么？"

"我说多杰你大爷。华尔登你大爷。买摩托车有什么错？难道你们家没有摩托车？如果你们的儿子骑着摩托车摔死你们，是谁的错？是你们的错还是你们儿子的错？难道就因为怕被摩托车摔死，你们就永远不骑摩托车了？那好啊，从今以后你们不骑摩托车了。这样说的话，马也会摔死人，你们是不是也不骑了？以后坐火车汽车也会出事，你们都不坐了是吧？好啊好啊，我就一直看着，我看看你们会不会骑马骑摩托车，会不会骑马，会不会坐汽车！"

"好啊好啊，你们好大的胆子，居然这样说自己的叔叔，你们太没有教养了，一点脸也不要了，就不怕被人们的口水淹死。"

"既然你们不仁就别怪我们不义，是你们看阿爸死了就来欺负我们的。"

二叔三叔被气得不轻，说反了反了，你们这是一点教养都不要了，你们阿爸就是这么教育你们的吗？你们迟早会把他的脸丢尽的。宁克突然尖声起来，说你们走，不要你们管，你们走。他的眼泪汹涌而出，哭得稀里哗啦，哭声越来越大，根本停不下来。二叔和三叔面面相觑，而后唏嘘不已。

宁高听着弟弟撕心裂肺地哭泣，听着山里的回音一遍遍地回荡，他发现两种声音碰撞后产生了更奇怪的声音，他好奇地竖着耳朵捕捉，希望弟弟能多哭一会儿。三叔说行啦，先别哭啦。二叔说要不上去看看？三叔说去看看也行，反正你们是儿子，你们说了算。宁高意兴阑珊，说既然石头在这里，那就在这儿好了，也许这是天意呢。

他们抱来一些石头，摆成一个小小的圆圈，然后在里面铺上一条洁白的哈达，宁高把骨灰倒在哈达上面。倒的时候，风正吹着，把很多骨灰吹走了。他倒完骨灰，和弟弟一起磕了头。他们几个也磕了头。这事就算完了。人活着的时候复杂又麻烦，一旦死了，却如此简单，轻飘飘被风吹走，没有一点重量。

他们回去时已经是早晨八点多了。天空阴沉，即将下雪。再过几天就是十月，往年这时候都下雪了。去年这时候阿爸还举行了一次酒会，五六个老东西醉醺醺地耍酒疯，他就在旁一边看他们出洋相一边鄙视着。而如今，再也不会有这样的场景出现了。

到了下午，家里的人们陆陆续续离开。阿妈一脸病容，憔悴地面朝毡壁躺下了。宁克一会儿一会儿地抹着眼泪，他的脸松松垮垮的，很可怕，躲着人，不抬头看。阿妈搂住他的头，让他在怀里无声地哭泣了一会儿。阿妈的眼泪流过脸颊，沾湿了宁克的头发。

宁高和塔娜悄悄离开毡包。塔娜的眼睛也红红的，她在这几天里陪着亲戚们哭得筋疲力尽。但是宁高依然哭不出来，他觉得也许他永远也不会哭了。他不是不悲伤，悲伤一点点积攒着聚集着，无时无刻不揪痛他的心。以前，阿爸在的时候，他不必为什么事担忧，因为还有一座靠山。现在，这座靠山没了，他再也没地方依靠，没地方躲避了，再也不能随心所欲了，他光溜溜地立于世事面前，非常非常茫然，仿佛重新开始，置身在一个陌生的境地中。

塔娜哀戚地蹲在小帐篷门口，几次欲言又止后，才乞求地说："宁高，我们的平安经一定要念，好吗？"

宁高说："你要念那就念，但我真的——"

"别说了。"塔娜强硬地打断他，"我们一定要念平安经，好吗？"

7

宁克去县图书馆查资料，他让宁高也别闲着，去找懂行的人学习一下。宁高绞尽脑汁想了半天，才想到这么一个人。他觉得此人或许勉强懂一点，但总比不懂好。他在羊群边逗留了一会儿便去找增太加。这是一个有点怪脾气的人，宁高不怎么和他交往，应该说没怎么交往过，但这次他必须得从他嘴里套出点什么东西来。他知道增太加有一阵子是在玉树牧区生活的，他在一个藏民家里就帮忙做过给家牛配野种的事情。这是他自己说的。宁高记得这些话，但不知道他是什么时候说的。阿爸的去世，一度让他放弃了梦想，甚至有些堕落。然而他终究振作起来了，很羞愧，觉得自己真无能，阿爸在天上会怎么想？他一定已经开始失望了。那天，阿爸临终前最后一句话，说的就是公牛。他一定也非常想有一头漂亮的野公牛来家里的牛群，他早就喜欢野牛。宁高觉得，这已经不仅仅是他的梦想了，现在，这是他们父子俩的梦想。

眼下，他遥遥望见增太加的两个羊棚、一个超大的牛圈和与牛圈相比格外寒碜的三间平房。他们一家五口人就住在这样的三间平房中。这是他们的冬牧场。宁高到了他家拴马的地方，嫉妒地看着两根漂亮非凡的拴马柱，久久不愿下马，直到有人从屋里迎了出来。

“宁高，你真是稀客啊。”来人假惺惺地说。他是增太加的儿子，一个像兔子的人。

“你好。增太加叔叔在家吧？”

“他去看牛去了，马上回来。”图丹说。

宁高点点头：“你家牛群有野公牛？”

“有两头。”

“从哪儿弄来的?”进屋坐下后，宁高迫不及待地问。

“玉树。”图丹从他老婆手里接过茶碗递给宁高。

“你们什么时候弄来的?”

“两年多了，刚来的时候把我苦死了。”他仿佛回到了那段惨不忍睹的日子，唉声叹气地说:“我没有一天是安宁的日子，连睡梦里都在找它们。野东西就是野东西。”

宁高问了最关心的问题:“牛犊怎么样，好吗？和其他牛犊比较起来怎么样?”

“这可不好说。”图丹咂巴着嘴，“刚下的牛犊还没有家里的大，但长得很猛，一年后的变化很明显。”

“牛群在哪里，我想去看看。”

“行，我带你去。这么说，你想要一头?”

宁高点点头:“是有这个打算。”

“我的一头卖给你好了。那头经常被欺负的，牛群简直容不下它了，卖给你吧!”

“好像不怎么野啊。”

“是啊，比起来确实老实一点，都不用你怎么操心。”

“我想要一头野的。”宁高说。

“其实是一样的，只是这头打不过那一头而已。”

“两年足够把它们的血性磨掉一大半了，再过两年它们和家牛没区别。”

“怎么会？野牛永远是野牛。你去过祁连山的野牛沟吗？”

“没有。”

“到了冬天，那里的野牛就会和家牛混合在一起，年年如此，也没见多大的变化。”

“那就是最大的变化，因为家牛和野牛已经渐渐分不清了，要不怎么和可可西里的不一样呢。”

图丹虽不情愿，但也赞同这个观点：“可是跑一趟果洛玉树不容易，太远了。”

“你要不要再去弄一两头来，我在找合伙人。”

“不去，懒得去，我已经有了。”

“多换几次不是更好吗。”

“没那工夫，代价也不小，你可想好了，费用可不少。”

“我知道，这不来跟你阿爸取点经嘛。”

图丹说：“阿爸倒是很想再去一趟玉树。”

“那我们可以搭伴儿去呀。”

“但他病了，去不了。”

宁高看见了牛群，说你们的牛群都这么大了。图丹说才一百多头。宁高说一百多头的牛群不算大的话，什么牛群才算大。图丹说，要是草场允许，早就超过两百了。

增太加在睡觉，他被马蹄声惊醒了，说：“宁高，你来了。”

宁高说：“您好，叔叔，我来跟您请教一些事情。”

增太加坐起来，点了一根烟，说："好啊。"

宁高再次朝牛群里的一头麻嘴黑公牛投去审视的目光："我想去可可西里拉两头野公牛，所以就来问问您，您之前是怎么做的，有什么需要注意的地方？"

"可可西里？那不可能。"他斩钉截铁地说，"抓那里的公牛是犯法的，再说你根本抓不到。"

宁高说："那您是怎么弄来的？"

"我这牛可不是可可西里的野牛，是玉树的。我能弄来，一是靠运气，二是靠人脉，这些你有吗？"

"难道一点机会也没有吗？"

"我不知道，你可以去试试。"增太加无所谓地说，"说不定去了就有机会。"

"请您给我一点建议。"

"我没有什么可说的。"他带着古怪的笑容说，"你可以自己去闯一闯，这对年轻人来说不是坏事。"

没说几句话，宁高便告辞了。话不投机半句多，增太加不耐烦的神情明明白白写在脸上，一点也没有不好意思。图丹追了上来，问他要不要到家里吃顿午饭再走。宁高说不用了。

图丹犹豫了一下，说："我跟阿爸说了这件事，他让我自己拿主意。"

"什么事？"

"去弄野牛啊，刚才你不是说找伙伴吗。"

"你说不去的。"

"那是刚才，我想了想，觉得再去弄一两头回来也挺好，回来把这两头卖了，说不定还能赚点。"

"你不怕被挖苦了？"

图丹脸色一变，咬咬牙说："不怕，怕个屁，再说到时候又不是我一个人受罪。"他高兴起来，"到时候我们就真成难兄难弟了。"

傍晚，宁高赶着羊群和牛群回到家时，宁克已经回来了，他从图书馆借来了一些书，还有一些报纸和杂志，正在炉火边专心致志地读着，见哥哥进来就问："怎么样？"

"增太加那个老王八蛋，一句有用的话都不说，还冷嘲热讽。不过他说可可西里的野牛肯定弄不出来。"

"而且我们也没有麻醉枪。"宁克说，"我们必须弄到一把麻醉枪。"

"这些问题想办法可以解决。"

"你好好查一查。"

第二天，宁克便动身去县城上网查资料。

8

晚上宁克没回来。阿妈问宁高，宁高说了情况，她哦了一声，又去忙了。她以前没有这么忙，自从塔娜过门以后她从来没有这么忙过，但现在，她比谁都忙，她不让自己闲下来。

塔娜说现在连做饭阿妈都要抢着做，宁高觉得这也不是一件坏事，他告诉塔娜，如果阿妈非要坚持，就让她做。于是现在塔娜闲下来了，一如之前的阿妈。闲了的塔娜开始找宁高的碴，她凭着一种女人的直觉认为宁高和多吉措有点不对劲。宁高胆战心惊地说："有什么不对劲？""我说不上来。"塔娜说，"反正就是有点不对劲，看着怪怪的。"

"你看谁都是怪怪的，"宁高说，"我看你是闲的。"

塔娜同意道："就是，阿妈什么活都干，还不让我干，你说她这是怎么了？"

"我想是因为不习惯吧。"

"我觉得也是。我们是不是得想想办法？"

"不用，过一段时间就会好起来的。"

"今晚的牛你不用去赶了，我去。"

"你去？"

"我找她聊聊天。"

"你跟她又不熟，聊什么？"

"我交个朋友不行吗？"

"行行，你去你去。"

整个下午宁高心神不宁，担心那个女人露出破绽。他在帐篷里进进出出，用望远镜观察牛群那边的情况，她还没有出现在草场里，但她的牛群却在他家牛群边上，要不是有铁丝网，两个牛群已经混合在一起了。如果她不去赶牛，会不会更让塔娜怀疑？会不会被塔娜套出话来？宁高有一种力不从心的感觉。

终于等到塔娜把牛群往回赶，宁高迎了上去。

塔娜脸上看不出有什么不对劲。他想说点什么，又怕显得异常，但不说更诡异，他茫然无措，只好把注意力转移到牛群上——他发现什么地方不对劲。

“那母牛怎么回事？”

“哪个？”

“那个，它在吃草吗？”

“我不知道。”

“你去赶牛，怎么连这个都没注意？你没看见它病了？”

塔娜奇怪地看着宁高：“病了就病了，病了就治病，你冲我吼什么，难道是我让它病的？”

“可你去赶牛，得负责的。”

“现在也不晚啊。你什么意思？”

“行了行了，赶紧绑牛吧，我去拿药箱和绳子。”

“爱拿不拿。”

“你说什么？”

“我说你爱怎么着怎么着，我管不着。”

他转过身后心里轻松了一些，好像这样一来让他增添了不少胆气。他观察了一会儿母牛，不知道是什么病。所以他要给它打一针青霉素或头孢，只要是不知道的病，他都这样治，而效果还不错。不只他，所有牧人都这么干。

塔娜拴好了牛，去河边洗手的时候，宁高跟着她。“你发现没有，今年的草怎么这么快就吃完了。”塔娜说，“已经不剩多少了。”

“今年的草长得太稀了。”宁高说。

“那么，是不是又要租草场了？”

宁高嗯了一声。

“又一笔大开销。”

“进入冬窝子之前，看草场的情况再说吧。”

“看什么呀，肯定很惨。你得早点找一个好草场，早知道要租，你干吗不把六十九的这片租下来，这么近，多方便啊。”

“我不知道，他也没跟我说呀。”

“你不会问呀，人家难道得追着你说要租草场给你吗？”

宁高懊恼地说：“是我的错。”

“那个婆娘。”塔娜愤愤不平地瞪着流动的水面。

“放心吧，出租的草场多着呢，而且六十九的也太贵了一点。”

“贵？你怎么知道？”

宁高一怔，说："六十九说的呀。"

塔娜很忧郁地叹息一声。

晚饭阿妈做的是拉条子。阿妈炒了两个菜：粉条白菜炒肉、酸辣土豆丝，都是她的拿手菜。她把拉条子的面揉得很劲道，所以才会拉得很细很细，吃起来味道也和塔娜做的不一样。宁高说好久没吃这样的拉面了。塔娜看着他说："你很想吃？"

宁高胆战心惊地说："隔一段时间也是想吃一回的。"塔娜说："那我以后也这样做。"

吃完饭，阿妈开始收拾碗筷。塔娜说："阿妈你别动，我来。"她飞快地把桌子上的一切都收拾干净，把收音机放到桌上。她一边洗碗一边对宁高说："快点，要开始了。"

他们只在阿爸去世的那三个晚上没有听收音机。第四天晚上谁也不敢动收音机，阿妈说，把收音机拿来。于是他们重新开始听了。

阿妈说："塔娜，你等一会儿再洗。"

塔娜说："我马上就洗完了。"

今天的信号不好，收音机声音很糟杂，怎么调都不清晰，只好将就着听。

塔娜一会儿看着收音机，一会儿看着阿妈的脸，她更多的时间是看着宁高的脸。她看宁高的脸就像在看另外一个人，也许就是多吉措。宁高想，没错，她肯定一点也没有放下多吉措。因为她知道从宁高这里得不到什么，若要得到想要的，就得另寻他法，就得从多吉措那里挖出点什么来。宁高觉得这样下去不成，会出事情。她干吗非得弄个水落石出呢？宁高开始生塔娜的气，但不敢表现出来。

外面夜幕垂临，周围的山峦还有一圈亮着的光晕，这一圈光晕让宁高觉得自己仿佛坐在一个大碗的底部，他的身体滑溜溜的，有力气使不出来。他们散步去牛群那边。

塔娜说："你怎么不说话？"

宁高说："说什么？"

"随便什么。"她说，"今天一天你都没怎么说话。"

"我不一直都这样吗。"

"你以前不这样。"塔娜说。

"可能有点累。"

"今天没见到她。"

"谁？"

"你知道我说的是谁，干吗明知故问？"

"哦。"宁高说，"哦哦。"

"你说她是不是故意躲着我？"

"她干吗躲你？人家闲得没事干啊？"

塔娜站起来说："我想和她交个朋友。我没有几个朋友。"

宁高说嗯。塔娜说："你觉得呢？"

“你自己看吧。”他说，“交个朋友也挺好。”

他们查看了牛犊，十三头小牛犊都很乖地卧着，他们一去，小牛犊就都站了起来，有些惊慌。

手电的白光滑过塔娜的脸，宁高看见几绺湿漉漉的头发粘在她的脸上。

“你的头发怎么湿了？”宁高说。

“我也不知道。我是不是感冒了？”

第二天塔娜感冒起不了床。宁高骑摩托车去了乡卫生院，用医保卡里的钱买了感冒药，他中午之前赶了回来，给塔娜配好药，让她吃下去。隔了半个小时，又冲了一包药剂给她喝。她埋怨宁高：“都是你这乌鸦嘴，你不说我就不会感冒。”

宁高说是是是，都怪我。喝完药不久，塔娜睡着了。睡相很憨，带着点痛苦。她的眼睫毛长而密，细微地颤抖着；她的眼皮红红的，有点皱。宁高不知道是原本如此还是由感冒引起的。他凑上去亲了一下，闻到了感冒颗粒冲剂的味道。

9

宁克回来时很高兴，说收集到一个重要的线索：有一篇文章，专门写了一个在玉树无人区放牛的牧人给自家的牛群换野血的故事。

“野血？”

“不错，野血，也就是说，让家牛有野牛的血脉。这篇文章里说他换得很成功，因为每年他都会有办法让野公牛到自家的牛群里来。两三年来，他已经换得差不多了。他现在想着把所有的母牛都淘汰，换成新一代有野血的牦牛，如此几次，再过几年他的牛群估计就都是野牛了。”

“好办法。”宁高赞叹道，“可他是占了便宜，我们这么远……”

“我们的格局也太小了，要不全部换掉？”

宁高怒视着弟弟：“好啊，怎么换？”

“不知道，这是你的问题。”

宁高握住弟弟的手臂：“说点有用的，我们怎么办才好。”

“我认为可以去考察一下，这个是必须的。但你准备好了吗？”

“我想我还没有，不过也快了。”

“需要一笔钱，你准备了吗？”

“我打算卖掉两匹马……嗯……如果运气好，我可能会成功。但我担心弄回来也不会有好结果。”宁高说，“它会跑掉的。我敢打赌，它一定不会待在牛群里。”

“你的梦想不是要弄一头真正的野公牛吗？”

“是啊。”

“那这些问题是以后的问题，你想得太多了。”

“问题是，怎么去呢？谁带着去？贸然上门的话，好吗？”

“必要的时候还要有厚脸皮。”宁克认真地说，“哪怕人家挤兑你，也别转身就走，要想方设法留下来，只要留下来就有机会。”

“要是你能和我一起去就好了，我发现你很聪明，可以帮上大忙。”

“我不喜欢跟人打交道，你会很顺利的。”宁克不想讨论这个话题了，但宁高愿意多说说：“你找到的文章呢？谁写的？”

“你又不认识，是一个女作家。”

“文章名字叫什么？”

“‘高寒草原最后的牧人’。”

“我看看。”

宁克从书包里拿出一本杂志，翻到第8页：《高寒草原最后的牧人》。他读到第一段：从玉树市区出发，经过治多县、曲麻莱县麻曲河乡，一直向西，穿越血管一般四散蔓延在宽广河床上的楚玛尔河，经过近十个小时的越野奔走，终于来到坐落在玉珠峰北麓的热嘎来人的牧场……

10

塔娜的感冒来得快，去得更快，下午她差不多已经没事了。她听着两兄弟的谈话，却不发表任何观点。她颇为沉默。宁高问她怎么了。

“我担心舅舅。”她说，“这两天不知道怎么了，我心里不好受。”

“要不再去看望一下？”宁高虽然极不情愿，但还是这样说了。

“我们什么时候去？”

宁高一愣，说：“明天怎么样？”

他们没有等到明天。下午五点钟有人来通知他们，八斤去世了。塔娜听到此噩耗，一点不惊讶，她像一个月前的阿妈一样沉着冷静，让宁高感到吃惊，惧怕起女人的直觉，那种与生俱来的能力是他可望而不可即的。

当天傍晚他们就到了八斤家。塔娜握住舅妈的手终于流出了眼泪，却不说一句话。家里乱糟糟的。短时间内，宁高目睹两次死亡的场面。相比第一次，这一回他冷静多了，因为他是一个旁观者。对于八斤的死，他一丁点的伤感也找不出来，他对塔娜感到抱歉。身处八斤的亲人之中，也令他感到尴尬，让他显得既愚蠢又无情，他觉得每个人都有意无意用犀利的眼神指责他。他从屋里逃了出来，去远处的草滩上缓一缓情绪。这时他发现自己居然抑制不住内心的一种真实情感：他由衷地感到爽快，像报了仇一样的爽快。他知道这样不好，但他管不住自己，他的脑子就是这么不择时机地让他难堪。

塔娜在叫他，他走过去。塔娜眼睛红红地看着他，那神情有点像在埋怨他。

“舅舅有东西留给你。”她转身进屋之际悄声说。

他们进入上次八斤卧床的那间屋子，有七八个人挤在这间狭小而空气不畅的房间里。这次他不得不把目光打量到亡人身上。他直挺挺地躺在炕上，从头到脚用被子盖得严严实实，头上盖着一条哈达。尽管有这么多人，但宁高还是觉得阴森森的，不舒服。他尽量让自己显得自然一些。这些人里有好多他都不认识，也不知道和他有什么关系。有一个肥胖的男人解开了宁高的疑惑，原来八斤给他留下了一头公牛。是一头真正的野公牛，一头和他的梦想里差不多的公牛。宁高蓦然一惊，这才后知后觉地意识到八斤才是这片草原最权威的野公牛专家，也是第一个拥有野公牛的人，只不过自己一直抵触他，根本就没想到他。现在，八斤居然给他留了一头公牛。他朝塔娜看去，是她告诉八斤的吗？

又一个他不认识的人接着说：“牛就在牛群里，你随时可以抓走。牛的三叉骨上有一团红漆，你就抓那头，他给你的就是那头。”

宁高朝那个人报以微笑。他在想，八斤的儿子哪儿去了？他拉塔娜到一旁问。“你不知道？”塔娜十分不解地瞪着他。

“知道什么？”

“我早就跟你说过，你忘记了？”

"你说了什么，我一点印象也没有。"

"亏舅舅还给你留下礼物。"

"他为什么要给我公牛，你跟他说了什么？"

"我能说什么？他肯定是知道的。"

"我很感激他，心里说了几个谢谢。只不过你不会相信的。"

"但你不应该对他一点不关心。"

"我们之间的事情你是知道的。"

"我知道，但现在他已经死了，你就不能原谅他吗？"

"我原谅他了。我说过谢谢了，如果你觉得这样不行，我也可以不要公牛，我自己去弄。"

"你是让我去告诉他们你的决定吗？"

"我没有这样说。我是说，如果你觉得我错了的话，你可以这样做。"宁高说。

"你没错。"塔娜说。

宁高想着八斤儿子的样子，说："我觉得应该是失踪，是他自己玩失踪。"

塔娜说："这有什么区别吗？"

"有的。如果失踪就要去报警，但要是自己这么干的，那就是另一回事了。"宁高煞有介事地说。

"哦，宁高。"塔娜说，"你太过分了，舅舅都去世了。"

"我说的是他儿子，他儿子不是一个好儿子，这个你承认吧?”宁高说，“他叫什么名字来着?”

“你不用管他的名字，你都不知道他是一个什么样的人，干吗管他叫什么?”塔娜带着哭腔说。

“你别这样，我可能说错了。”宁高有点不情愿地说，“我不了解他。”

当天晚上，商量送遗体去火葬场的人里面没有宁高，他长长地松了一口气。凌晨四点，他和塔娜回到家，到了这个时候，他仍不太愿意相信他已经有一头野公牛的事实。这件突如其来的好事起先让他好一阵恼火，他几乎压制不住怒气了，可最后还是不了了之。但他还是伤害了塔娜，回家的路上塔娜一言不发，她甚至不太情愿让身体挨着宁高。这是一个有力的攻击，宁高受不了了。他故意向后靠去，塔娜也往后仰。宁高说:“你什么意思?”塔娜还是沉默以对。他突然往后一靠，这回撞到她了，但她马上躲开了一些。他猛地踩了刹车，塔娜不由自主地撞向他。她叫了一声。

“我不许你这样。”宁高生气地说，“我最讨厌这样。”

“我很累，不想和你吵。”

“我也不想。”宁高更生气地说。

“求你了，我们不要说话了。”塔娜分外伤感地说。宁高张张嘴，又郁闷地闭上了。

草原调皮地摇动着，四野红吞吞的，仿佛一片夜间的晚霞。

摩托车后面一片粉尘扬起，在月亮底下像雾霭一样停滞着。前方是迷蒙的，也是朗阔的。他轻轻地说了一句："塔娜，我不是故意的。"

塔娜搂着他的腰，也轻轻低语："我知道。"

阿音木

1

腊月的一天，阿音木到远离定居点的牧场去清点牛群时，不幸被雷劈了。他没死，只是从头顶往下，沿着背脊到脚跟，留下了两条拇指宽如同血色河流一样的诡异线路，触目惊心。

他晕倒在山顶，牛倌沙里海听见了罕见的冬雷声，并及时发现了他。沙里海背着阿音木下山到他的地窝里，对伤口做了粗暴而简单的处理，然后去六公里外的沙路上，截车，带话给阿音木家里。当天深夜，来了一辆小车，将阿音木拉回家。他一直没有醒过来，不过忽有忽无的呼吸说明他还活着。

阿音木的家人在去医院还是去寺院的事上产生了分歧。阿爸主张去看医生，吓人的伤势让他心里打鼓，第一时间选择了医院，论救死扶伤，医院才是最正确的地方；但阿妈和奶奶坚决反对，她们认为寒冬腊月被雷劈，一定是孩子在什么地方做错了，惹恼了老天爷，必须到寺院里当着佛爷的面请罪，念上一场经，做一场法事消灾解难。几乎不用刻意琢磨，强有力的事实告诉她们，阿音木身上那两条邪恶奔腾的红线大有来头，只有活佛知道它们的含义，能诠释其中之因果。

阿爸孤立无援，被迫服从。第二天一大早，阿音木被送到当地一座有名望的寺院，被安排在独立的西屋中，由管家的副手派人照料着。下午，一群僧人到阿音木家念起了经文。阿音木的阿爸在家中的煨桑台引燃了由柏香、青稞、炒面和牛奶混合的“桑什茨”。他回到寺院，听到的第一句话是阿音木醒了。阿音木在半夜十二点悠悠地醒来，他神情痴呆，眼神涣散，几分钟后又沉沉睡去，一直到第三天才彻底醒转。

醒来之后，阿音木不能听不能说不能动，更不识人。面对阿爸阿妈、他那出事两天后从娘家回来的媳妇这些至亲之人，他一点反应都没有。

阿音木的样子对家人来说是个沉重的打击，尽管活佛说阿音木不会有事，会好起来，但几个女人整日哭哭啼啼。阿爸从镇上雇来一辆面包车，把后座放平，铺上四床褥子，让阿音木躺在上面，拉他回家。家里诵经整整七天，桑烟袅袅，经声悠扬。桑烟带有温度的味道笼罩在村子上空久久不散，七日一过，念经的僧人们回寺里去了。阿音木的身体依然很吓人，像煮熟了的大虾，他穿着一件红色的裤衩躺在短小的被子里，两只黝黑中带着褐红的大脚露在外面。探望的人络绎不绝，看见他的样子惋惜又不解，纷纷用各种方式打探前因后果，阿音木的家人对此缄口不言。

2

尽管谣言数之不尽，但是两个月后，这件事也失去了神秘感。无关的人连阿音木是否会正常起来也不再关心了，无聊的人照样每天喝酒搓麻将，忙碌的人照样脚不沾地，日子就和从前一样。要硬说有些变化的话，那就是阿音木家了。阿音木恢复得不尽如人意，他的一只耳朵基本上聋了，但另一只还可以用。他在炕上躺了三十七天。这期间，他的额吉和阿妈不断前往寺院祈福，日复一日。阿音木终于能下炕了，开始走动。他的饭量大增，吃得非常狠。能吃能走之后，身体明显好转起来，不过还是不能做想做的事。他媳妇悄悄告诉额吉，阿音木在晚上总是手舞足蹈，他的命根子估计是真的死了……总之，阿音木死气沉沉的，与之前有着天壤之别。说这些话的时候，这个女人的担心之情溢于言表。额吉往寺院里跑得更加勤快了，三番五次地去见活佛，但活佛也没那么多空见她。额吉忧心忡忡，日日守在孙子身边，随时随地观察着孙子——尤其是命根子——的任何蛛丝马迹。阿音木受不住额吉那可怕的目光，吓得见她就躲。而他媳妇很快就彻底死心了，开始说些怪言怪语，还不顾忌场合。额吉和阿妈又气又伤心，阿爸虽然嘴上不说，但心里比谁都着急。他带着阿音木偷偷去医院检查，但结果是没有问题。

阿音木也对自己那方面的平静感到害怕，因为无论他怎么努力都无济于事。这件事对他刺激很大，再加上媳妇的阴阳怪气，他被惹急了便对媳妇大打出手，家里闹得鸡犬不宁。这个女人挨了揍，屁股一扭回娘家了。

3

夫妻本是同林鸟，大难临头各自飞。阿音木恨得牙痒痒，却无可奈何。他的难言之隐不知怎的泄露出去，人们议论纷纷，阿音木再次成为人们的话题。

但让阿音木觉得受伤的并不是这个，或者并不仅仅是这个。他说不清原因，总觉得一种引导性的东西附着于他，令他不安。比如说，他从三个月前就梦见一个人，那个人和他相识于前年秋天给羊饮海水的时候。住在海边的一星期里，他俩臭味相投，结下了不错的友谊。这个叫桑德的人对自己的过往做了全面而详细的评述，故事长得可怕，更可怕的是它枯燥乏味，而他又没办法不听。那真是一次艰难的考验，桑德花了四天时间断断续续讲完，要求阿音木也讲自己的故事，阿音木的故事同样好不到哪里去。他们似乎都没有把握住最精彩的部分，又可能认为只有最琐碎的重复的才最具有代表性。自那以后，他快有两年没有见到桑德了，听说他抛妻弃子在外流浪，到处鬼混，潇洒得很。

现在阿音木看见他死了，百日连梦，微小的细节都无一丝变化。这个惊人的梦正在带着他朝一个深渊流动，一旦到了那里就会毫无意外地坠下去。他在做这个梦的第十天，第四十天，第七十天都进一步预感到那个可怕的深渊，仿佛它就在眼前，一点点接近。在整一百天上，梦骤然停止。他得知桑德死了，死在了异乡。阿音木有点悲伤，但更多的是松懈，这是一个通往死亡的梦，他下了定义，就如同知道了一件坏事的结局，心里有底了。但他想不通为什么会梦见桑德。

桑德的骨灰不知流浪了多少天、多少陌生之地，经历了怎样的遭遇，到家的时候只剩下可怜的一勺子，盛在一个快要压扁了的铝饭盒之中，没有盖子，用两层塑料袋包扎着，混在深蓝色行李箱内的衣物里。

他再也没有梦见过桑德，但对桑德的负罪感一日日变深重，他知道桑德的死完全不能怪他，但他说服不了自己，总觉得是他把桑德“梦死”的。

他去寺院忏悔，为桑德祈福。并祈祷今后再也不要出现如此可怕的噩梦。他用一天时间磕了无数个头，每磕一个便念一句六字真言。他从来没有如此虔诚过，任何时候都没有，哪怕是在极为严肃的宗教活动中。这次他认真了，本能而自然地这么做了，因为没有哪一种方式能比这更能让他的心得到一丝安宁。

回家时天已经黑了，阿音木骑着摩托车在弯弯曲曲的土路上驶过一户人家门前。屋里透出来的灯光微弱、昏黄，煤油灯的光永远那么孤寂而凄凉。他知道屋里有一个女人和两个小孩子，完全无依靠的孤儿寡母。他的心房不停地抽动，无比难受。他在路上犹豫了很长一会儿时间，最后还是决定去看看她们。

他过去敲门。门开了，桑德的妻子看向他。她是一个玲珑细致的女人，三十多岁的模样。她似乎并不怎么悲伤，对他露出恰好的笑容，很讶然地问："阿音木，你怎么来了，你有事吗？"

她的目光让他很不自在，好像他来是另有企图。

"我来看看你和孩子。"他目光闪烁着解释。

"谢谢，你是第一个来看望我们的朋友。"她请阿音木进屋，"不过你不用担心，我和孩子都很好。"

"孩子呢？"

"睡下了。"

"如果有什么事，我可以帮忙。"

"帮忙？"她思量着瞅了阿音木一眼，又停顿片刻才说，"也好，那你两天后来一趟。"

"好。"阿音木很高兴，至少她接受他的帮助，他对此很满意，"要做什么？"

“有一车喂羊的燕麦要拉来。”她说，“你可能要多叫几个人，你一个人干不了。”

“这好办，交给我吧。”

“会不会给你添麻烦？”

“不会。”

“我担心人们会说闲话。”

“理会那些做什么，还要不要过日子了？”

“谢谢！”

“那我先走了。”

“好！”

4

阿音木帮她卸燕麦。一捆一捆的燕麦全都层层叠叠地码在离地两米的平台上。这个平台用八根特制的粗壮水泥杆子支起来，上面十二根檩条，檩条上铺了几张五合板。看得出，桑德在做这件事时用心了。阿音木的心情很好，内疚感和不安渐渐消退。帮助她们是一件无比愉快且令人安心的事，不相干的人或事逐渐淡出了脑海，就连桑德也一样，难道他已经不相干了吗？逝者已逝，从这方面说的确如此。阿音木比从前更加热爱生活。另外一个让他高兴的原因是，他的“病”明显在康复，缓慢、几乎察觉不到，但的的确确是在好转。这是她的功劳，她只用宁静恬和的态度就让他看到了希望。有一天，他察觉到自己居然在用一种爱恋的目光凝视她……他爱上了这个女人，没有一丝做作，爱先是涓涓细流，无声无息，接着像风暴一样席卷而来。

他着实快乐了一段时间，而后，他便梦见了她。那是一次他帮她给一只生病的羊打完针回来后的晚上，他梦见她在一个山顶上坐着，模模糊糊的，只能看清一张脸。

第二天晚上他又梦见了同一个画面。这次的梦让他产生了巨大的恐惧，他带着侥幸心理去实验第三个梦，还是她。他吓坏了，崩溃了。一连五六日哭哭啼啼，精神恍惚。他拒绝再睡觉，但也仅仅坚持了三天。他摆脱不了这个梦。

又一个星期后，他出现在她面前，仔细打量着她。她好像已经完全走出了困境，有一种蓬勃向上的精气神。

“这几天你好吗？有没有不舒服的地方？”

“没有啊！”她说，“我感觉很好，怎么了？”

“你有梦见什么吗？”

“梦见什么？你吗？”她开玩笑地说。

“可是我梦见了。”

“哦。我在梦里干什么？”

“你在山上，每一个梦里都这样。我已经梦见你十天了。”

她很认真地看着他：“你没骗我？”

“没有。”

“我知道你的意思。”她停顿了一下，接着说，“我也不反感的。”

他知道她说的是什么，心中一阵喜悦，但接着就感到一阵无比痛苦的恐惧。

“你怎么了？”

“我很高兴，简直不敢相信这是真的。”

她低头一笑：“可是，你还有老婆呢。”

“已经离婚了。”

“什么时候的事啊？”她很惊讶。

“都快两个月了。”

“可是，为什么呀？”

“因为我有病。”

“你现在看起来好好的。”

“可有些地方不行，就是那段时间不行，现在好了。她以为我那里不行了，所以立刻变了脸。其实对我来说更好，跟这样的女人没法过一辈子。”

她过一会儿才明白他说的那个病是什么，脸一红，嗔怪地瞪了他一眼。这下轮到他诧异了：“你没听说我的这个事？”

“我上哪儿听去。”

“我的流言，村子里满天飞呢。”

“没人跟我说。”

“让他们说去吧，反正我现在全好了，等我们在一起了，你——”

“你来找我什么事？”她连忙打断了他的话。

“哦，我来看看你。”

他没有觉察到她的反常，她似乎和以前一样，但他隐约觉得她有些异于往常。梦依然持续着，一次不缺。他开始减少睡眠，两天、三天一睡，很快他就消瘦下去了，脸颊深陷，皮肤发青，但他坚持着。他仿佛一个高明的“杀手”，无声无息地置人于死地。梦就像准备过程，等梦做完了，杀人任务也就完成了。他开始不断去她那里，并且晚上住在那里，试图用这种方法消灭梦魔，但还是无济于事。他去医院，去寺院，尝试了很多办法，都没有用。别人什么也看不出来。他越来越绝望。他把其他一切都抛开了，几乎天天和她在一起。她看出了他的恐惧，但什么也没问。

他一天紧似一天的承受着来自身体内部、来自心灵中心的摧残。随着“百日”越来越近，他再也没有多余的心思去理会其他的事情，他一门心思守着她，痛苦之情溢于言表，她对此感到惊讶，又哭又笑，对他说：“你在担心我会死掉，你是担心这事吗？”

“你不会死的，我会一直在这里保护你！”他根本没有信心，却这样说了。

"我不怕死，但我的孩子……"那晚她说了很多话，从小的时候一直说到当下，她还要说说未来，却困得睡着了……

他俩的传言，说什么的都有，当然都不是好听的，传的最多的是说她有妙法让他下面硬起来了，所以他已经离不开她了。

时间不急不躁，他每天都在神经质的绝望中度过，常常以泪洗面。每当这时，她就搂着他，哄小孩子一样拍着他的背，一直到他沉睡。只有在她身边，阿音木才会睡得安心，不会被惊醒，他会像做一般的梦一样对待它，紧紧绷着的神经得到些许松缓。

再有十个梦，便满一百个梦了。她说自己身体健康心情快乐。差五个的时候，也没什么，差三个，两个，差最后一个了……但她什么事也没有，很快活很健康的样子。阿音木疑神疑鬼地重算日子，没有错。她什么事也没有。他搂着她在不安中等待，他不想睡，不想闭上眼睛。最后一个，他又想，赶紧睡着，把这最后一个梦做完就好了，他就可以安心了。

他睡着了。

他做了最后一个关于她的梦，他在梦中惊醒，一股猛烈的心痛刺中他，但他醒不过来。

醒来的时候，她已经冰冷，像一只猫一样沉睡在他怀里，她的脸上还有一丝笑容。

他的第一反应不是悲伤恐惧，而是安定。终于证实了，完全证实了，用两个人的死亡证实了。要是这梦一直继续下去，他要怎么办？要是他再梦见别人怎么办？世上还有比这更可怕的事吗？除非死亡，否则他想不出任何办法来阻止这种事情的发生。死亡虽然是最好的办法，但他无比渴望活下去，就算要忍受这可怕的梦的折磨他也在所不惜。他吃惊地发现，原来自己的心肠如此冷酷，他居然如此轻易地接受了她的死亡。也许从开始梦见她的那一刻起，他就已经把她当成一个死人，只是不愿意承认罢了。然后，他才后知后觉地想到她的两个孩子，那两个不怎么说话却异常懂事的孩子还在寄宿学校读书，上一次还是他们一起将孩子送去的。孩子们还不知道他们现在既没有父亲也没有母亲了，他们要怎么活下去……

5

这一整天他都守着她，平静地凝视着她。晚上，他轻轻地搂着她，觉得她的身体不再冰凉，也不再僵硬。她像往常一样柔软光洁，如同还活着一般。

他安静地睡着了。没有做一个梦。

半夜里一阵饥饿袭来，他在一个橱柜里找到一罐牛奶，一口气喝光。他走出屋子，在冰凉如水的夜风中站着，那些忽闪忽灭的星星，莫名其妙给了他勇气，他张开双臂，皮肤的战栗让他泪流满面。

6

女人的死引起了轰动，短短的几个月内连续两个人死亡，而且还是一家人。在此之前，村里上一次死人要追溯到六年前，是一位油尽灯枯的老者，属于正常死亡。

很多人都怀疑是阿音木害死了女人，因为这段时间他一直住在她家，除了他没有别人接触过她。但在警察来村里调查的时候，谁也不敢乱说。

女人死亡的消息是阿音木自己到派出所报案的。除了他的梦，他回答了所有的问题，没有一点隐瞒。他在派出所里待了一个晚上，第二天，派出所让他回家，在家里等候传唤，不能离开村里，他照做了。他心里一直惦记着那两个孩子，他想去看看，但不能去。他也不知道她被送到了什么地方，想来她最后的归宿一定是火葬场。到了这个时候，他已经很清楚，那些没有即时到来的悲痛，会在后面缓缓到来，一点点折磨他。

过了两天，法医鉴定报告出来了，排除他杀可能。阿音木听了直冷笑。他用做梦的方式杀了两个人，他们却说他无罪。这现实的荒诞……他把自己激怒了，砸了很多东西。家里人不明所以，在一旁看着。阿音木摆脱嫌疑，一家人喜极而泣，惊吓和惊喜来得太突然，他们饱受摧残。

关于阿音木杀人的风言到此为止，无人敢质疑警察说的话。阿音木把自己关在家里半个月，出来的时候精神萎靡，枯瘦到惨不忍睹，他几乎快成为一具干尸了。他的眼睛却亮得瘆人，瞳仁里的惊恐在扩散，像个疯子一样。看见阿爸时，他凄厉地大叫一声，夺门而出。他拼命地奔跑，想把梦远远抛开，他想把梦里的阿爸远远抛开，他要把所有的一切都抛开。他已经梦见阿爸了，他再也受不了了。

他从白天跑到晚上，跑到一座山头，他吐了几口血，慢慢看清，这就是每个梦里她都在的那个山顶。他像被抽干了最后一点血肉，僵硬而轻盈地倒在山顶，感受到梦境的巨门缓缓打开，把他包裹起来。他用尽最后一丝气力，送出去一声号哭。

骑马去帮叔叔剪羊毛

1

春末，我从失去亲人的漩涡中忍受悲痛，心境趋于平和。我开始习惯一个人生活，有了很多无所事事的空荡荡的时间。为了不过于浪费这些宝贵光阴，我比以往更用心地去关注牲畜们的身体状况，一有不对劲便赶快行动，抢在它们病发严重前治好。为此，我需要多方面分析研究，做很多功课。但好在只要用心，这事并不很难，十来次以后，我已算得上兽医方面的专家了，很多疑难杂症我都可以试上一试，不至于手足无措。我这才发现牲畜有那么多疾病，这些疾病一天天壮大，只等最适合的时候暴发。一想到过去有那么多牛羊因为我照顾不周而在病痛中默默死去，我就有些惴惴不安。可是，假使我不曾遭遇这次巨大的失亲灾祸，我又何尝能在乎这些呢？亲人出车祸以后，我常常想起以前被马摔掉的人们，他们在骑马行进时殁了，那也算是一种车祸吧。

叔叔从青海湖上端的草原顺着牧道骑马来看我。他已经五十七岁了，大脑袋上是针一样密密麻麻的灰白短发。他依然那么瘦。这一辈子，他都在羡慕身体肥硕的人。他下马时很艰难，我快步跑过去扶住他，我们拥抱了一下。叔叔拍拍我肩膀，乐哈哈地炫耀，来的路上他碰到一个老妇在伸胳膊伸腿锻炼身体，他们聊得很过瘾。她家屋舍畜棚连成片，是个大户人家。

那天晚上，我戴上了他送给我的手表。这表是他去年到云南旅游时买的，一块银表链黑表盘的杂牌机械表。

我一直观察你，你没有手表，而且你也没有好马，这可不行，你都三十多岁了。叔叔说，兰台吉，你再不好好过一把年轻的瘾，你就老了。他说明来意，想让我帮去帮他剪羊毛。你的羊毛剪完了吗？

我今年雇人剪的。我说。

剪一只羊多少钱？

三块五。

这么贵了吗？去年还是两块八，后期才长到三块。

雇人剪羊毛的牧户太多，他们乘机涨价了，不过还是剪不完，羊太多了。现在和以前不一样了，一些传统的做法遭到拒绝了，因为现在没有人会笑话你做事，只要你自己愿意就好。所以，尽管羊毛的价格不足以支付剪羊毛的开支，但谁都想图个省心省力。

第二天，我们爷俩吃了早饭。叔叔在我的羊圈里检查羊群。他总算对我有一点满意，说我的羊还能看。他尤其对我挑选留下的十五只公羊羔和十五只母羊羔赞赏有加，说都是头拔头的好羊羔。我们将羊群放出来，等它们喝完水，朝草山里走去。我们跟在羊群后面。因为患类风湿关节炎，他的右腿瘸拐得厉害，上坡下坡都很吃力，可他的兴致很高，对羊评头论足，卖弄他的经验。从草山回来，我们骑着摩托车去赶马。既然叔叔坚持要我骑马，我得先套住我的马。我已经想好了，走长路，就骑那匹鞍口软和的银鬃骟马。它有点老了，但足以应付几十公里的旅途。我有一年多没有接触它了，我们的交流越来越少。在它还是一匹青壮马的时候，它非常害怕红色。如果我骑着它在路上走，遇见了红色的东西，它就会发飙。它对红色的恐惧传染给了我。后来，我看见红色的东西也不受控制地生出恐惧感，总觉得看见了红色，就是我要倒霉了。

到了另一个草场的门口，我让叔叔下车，等在门口。他手里拿着一条长长的尼龙绳，等会儿“银鬃”来了，由他来套住。他的神态略显疲惫，昨晚吃过晚饭后，我们喝了一瓶白酒。我喝了二两后不想喝了，说喝酒的次数越少，酒量越差。叔叔对此话嗤之以鼻，他面不改色地说，没酒量就是没酒量，找什么借口，你这么一说，我感觉你更差劲了。我被说得面红耳赤。自始至终，我们都没有谈及去世的亲人们。我的“银鬃”又惹得叔叔啧啧称奇，说我把马养出了猪的肥膘，实在难得一见。

我一年多没有骑它了。我说。

那你养着它干吗？这就是“白破脸”的儿子？

对。就是小时候不会过网围栏的那个“小银鬃”，您有八九年没见过了吧？

我骑过那匹老母马，现在连它孩子也老了。叔叔感叹道，那时候，“白破脸”很年轻，走路那叫一个稳当。

“白破脸”早已化作一捧尘土，与它同时代的那批良驹的光辉也只存留在一些老人心中，成为一星半点的怀念。我们将马群堵在网围栏的角落里。叔叔总有先见之明，知道哪一匹马想冲出去，并事先堵住它。他套马只用了三分钟不到，一边在手中盘着绳子一边观察“银鬃”的移动方向，计算将绳子甩出去后“银鬃”的反应，他把这一切考虑好了，绳子也在手中形成了最完美的盘圈，他一刻也没有停留，将套绳挥舞出去，直奔“银鬃”头顶。而“银鬃”被套过多少回了，早就心有戒备，绳子一上天空它就跑动起来。叔叔之前一直都没有看它，就因为怕它发现自己就是目标，但绳子一上天空它还是紧张地跑起来了。然而，它的经验和智慧显然是不够的，就像是自己眼巴巴地跑进了套绳那样，它反应过来时，已经被套得牢牢的了。“银鬃”很聪明，发现事已不可挽回便死了心，乖乖地站在原地，等我过去套上马笼头。它迅速调整了心态，对我摆出一副很高兴的样子。我把缰绳递给叔叔，接过套绳。

那匹“黑灰”在流鼻涕，我得看看是怎么回事。不要晃动绳子，藏到身后去，等找到时机马上甩出去。叔叔说。

我就是这么做的。我不服气地犟了一嘴。

那你的胳膊那么僵硬干什么？他厉声呵斥，你老了吗？

他一发火，我再怎么不服也得乖乖闭嘴。我拿出最大的本事把套马技术给他表演了一次，很成功。他的怒气消散了些。“黑灰”激烈地挣扎时他看着，等我将它的三条腿扣上马拌后才走过来，一把揪住“黑灰”的耳朵，另一只手扳开它的嘴。他朝嘴里观察了一会儿，其间“黑灰”两次挣脱嘴唇，高高地仰着头，不让叔叔再碰，但叔叔的办法多的是，它坚持不了多久便乖乖就范。叔叔检查够了，说没事，一点小小的感冒，很快会自愈。

回去的路上，我骑着摩托车，叔叔坐在后面，牵着“银鬃”的缰绳。它很近地贴着摩托车跑。叔叔观察它的步子，说它年轻时，一定经常踩到自己的前蹄腕子。然后他对草场的优劣作出评判。他很客观地说我去年放牧超载，导致今年草场长势堪忧，如果雨水不够的话，到时候什么也不会留下，我就可以和羊一起去吃西北风了。他简直有点幸灾乐祸，做了一个OK的手势。我被他逗笑了。他身上有那种牧人一辈子和牲口打交道而形成的带着青草味、羊膻味、马汗味和他自己的气味混合在一起的，属于他们那一代牧民特有的气味。这种气味太独特，就算我没有眼睛，也能轻轻松松地辨认出他们。

我们出发时已经是上午十点多了。从家里到铁路涵洞这段路上，他谈话的兴致很高。

想当年，我一次能喝三斤白酒，就算硬喝了第四瓶，也能把缰绳牢牢握在手中。你听说过我喝醉了被马摔吗？

我摇摇头。

那你被摔过吗？他接着问。

我很少喝酒的，叔叔。更不会有喝醉了骑马的事情。我说。

那你要小心了，你清醒的时候被摔，不但不好，而且没意思。他话音刚落，我就控制不住突然受惊的“银鬃”，很轻松地被摔在地上，身体倒并无大碍，只是看着叔叔奸计得逞的样子，我感到很郁闷。他明明看见了那块塑料，却没有提醒我，不但不提醒我，他还故意挡住塑料不让我早一点看见。

下午四点钟，我们到了叔叔家。

2

叔叔摘下两匹马的嚼环，牵到屋边的草地里。需要等它们身上汗水干透了，马鞍才能卸掉，不然马容易感冒。叔叔心疼马，照顾得细致，断不让它们多受一份罪。

他家的拴马柱离家有两百米远。因为婶婶绝不允许在家里闻到马粪味道。她对马粪严重过敏，而且几十年极少去碰马，不管什么季节她从不摘口罩，很严格地保护自己的鼻子，从而有了另一方面的显著效果，她的面容看起来比实际年龄要小上十岁。

婶婶从窗户里看见了我，她在招手。毫无例外，她这次仍然是这十年来始终固定的装束——一件蓝花的女士西服、一条紫灰色条纹裤子、一双黑色的方根皮鞋——仿佛从十年前她就定格在此了。但我还是发现了一丝不同，她手腕子上戴着个明晃晃金灿灿的手镯，她正在用这只手跟我打招呼。她指指手镯，嘴里说着什么，脸上笑容灿烂。她出现在门口，大咧咧地埋怨我一年到头都不知道多来看看她。

好漂亮的手镯呀，是黄金的吗，谁给你买的？我问道。她高兴地把手臂伸给我，让我好好看。

你叔叔买的，说是我们结婚三十年的礼物。

哎呀呀，叔叔这么浪漫，还知道送结婚礼物？我感到诧异极了，据我所知，他送我表还是婶婶的意思，表也是婶婶买的，就叔叔那德行……

婶婶白了我一眼问，什么是银婚呀？他说过，我问啥意思他又不说。

他还知道银婚？我吃惊地叫出来。

别大惊小怪的。

结婚三十年就是银婚，五十年是金婚，我说。

哦，是这样子啊。婶婶若有所思，那应该买银子，银婚不是银子吗？

那不行，档次太低了，银婚戴金，金婚配钻才对嘛。

钻石？婶婶一个劲地摇头，那我可不要，现在戴这个我都觉得太不好意思了。

怎么会？您和十年前一模一样，甚至更年轻了。我说。

你这张嘴，和你弟弟一样能说。说到她那儿子，婶婶情绪低沉下去了。

婶婶的儿子，我唯一的弟弟，已经很久没有音讯了。但我们知道，在某一天，他会像以往那样突然出现在家里，睡在沙发上，让老两口大吃一惊。而他会表现得像是去镇上买东西回来了，或者像是放牧回来了一样。有时候他会带来一个女人，说这是你们的儿媳妇，有时候带来的女人不是媳妇，只是对象，让老两口看看合不合适，而更多的时候，他独自一人回来，接过老父手里的马缰绳，笑容满面地对待父亲。他去羊群，去牛群，他需要把一些合适的牛羊兑换成更有用的纸片来压住心口的郁热。

而叔叔呢，从来没有对儿子发过火生过气，好像他辛辛苦苦将牛羊放牧好，儿子回来卖掉换钱去花让他很荣幸。叔叔神经病一样将儿子宠到天上去了。但叔叔会抱怨儿子，说这都多少岁了，连一个孩子都没有，害得他连一个孙子都没有。而这样的话从去年开始他再也不用说了，因为弟弟带回来一个孩子，一个几个月大小的男婴。叔叔和婶婶只看了一眼，就确定这无疑是他们的孙子，因为他和弟弟小时候长得太像了。老两口出乎意料地得到一个宝贝孙子，这个意外让叔叔产生怀疑，他审问弟弟，是不是还有他的孙子孙女遗留在外，是不是弟弟已经在外面有了好几个孩子。我这个弟弟，好像听到了世界上唯一的笑话一样说，老爸，你是不是觉得你儿子是个傻瓜？我会做那样的蠢事吗？那怎么可能呢？

叔叔生气地说，这怎么就是蠢事了，关系到我们家的骨肉。弟弟十分严肃地看着叔叔，老爸，不是所有女人都有资格给你生孙子的。他认真严肃的劲儿把叔叔唬得一愣一愣的。

弟弟的儿子长得像羊羔一样快。一天中的大部分时间，叔叔和婶婶的时间和精力都捆绑在孙子身上，他的哭喊声驱逐了他们的烦思和疲劳。自从孙子来了以后，婶婶变得更麻利更有精神了，她平均每天要在孙子的脸蛋和小嘴巴、小脏手、脖子、小脑袋、耳朵、小屁股等地方亲几十次。老两口和名叫达瓦的孙子相依为命。这么说好像不太合适，事实上，他们更有干劲和目标了，这从家中里里外外的变化和他们身上的气息变化中能看得出来，他们简直青春焕发。

婶婶走在前面，身体的笨重增强了生命的力量，她仿佛是将生命拿捏在脚下，越来越厚实了。

小达瓦在他们家那张大到夸张的大炕上独自玩耍，听见声音，他抬起头，看见婶婶便笑起来，爬过来。我从婶婶怀里接过小家伙，但他很抗拒待在我身上，开始哭哭啼啼。婶婶立刻伸手抱回去，小声念念叨叨地安慰，但他就是不安静。叔叔进屋来，小家伙又要到叔叔那里去。我仔细端详了这个侄儿的模样，的确有弟弟的影子，而他调皮的样子就更像了。恍惚间，我仿佛看见另一个靠不住的野小子在飞快而野蛮地成长起来，准备接着吸食这对老人的血肉。

3

这天晚上，老两口和小达瓦吃饱喝足，在大炕上嬉闹累了，酣然入睡。我睡在另一个房间。半夜里，我被叔叔摇醒，忘了身在何处，心想叔叔怎么来了？快跟我去赶羊，他小声说，下大雨了。

睡觉前，我们讨论过这个问题。因为晚上九点多的时候天上黑乎乎一片，一颗星星也没有。我提醒叔叔把羊群关到棚舍里，别让羊毛淋湿耽误了剪。

现在天这么热，干吗把羊捂在棚里受罪？再说了，也不会下雨。他笃定地说。

婶婶辩驳了一句，他说，我心里有数。我们就没再坚持。但雨真的来了。我套上衣服出去，外面风很大，雨水齐刷刷地朝着一个方向倾斜而至。屋上的水从六个漏水槽冲下来，形成一个雨帘，砸在红砖地上响成一片。借着外屋的灯光，能看清密集四溅的水珠中蕴含的不同的光彩。叔叔已经在羊圈里了，吆喝羊群往棚里去。但有时候，就是那些最关键的时候，不如意的事情总会发生。面对黑洞洞的羊棚门口，面对它们其实已经很熟悉但如今看不见里面有任何熟悉的身影的时候，它们的恐惧出来了。它们不冷，它们被大雨中突然出现的主人和接下来的未知给吓住了。于是，没有一只羊愿意带头走进黑暗的棚舍中，往日英勇的领头羊，这会儿如胆怯鬼附身，连一般的母羊都不如。叔叔火冒三丈，站在粪水泥泞的羊圈里破口大骂，将羊的祖宗都骂了个遍。他声音冷酷，行动迅捷。当我走进羊圈，他冷哼哼地瞅我一眼。在我们两个人的合力围攻之下，终于有一只羊放弃抵抗，小心翼翼地走进去，它非常谨慎地探进头，用心观察。这是一个绝佳时机，我和叔叔不用通气，几乎同时呼喊大叫起来，朝羊群猛地扑了一下，羊群受惊往前挤，成功将那只羊和跟随后面的几只挤进棚舍，而后便轻松了，羊争先恐后地闯了进去，咩咩一片叫嚷。

是那只每年都下双胞胎的黑眼圈母羊。你记得吧？那个大犄角母羊。还是年岁大的靠得住。叔叔说，还有那只大公羊，蛋蛋很大的那只，你记得吧？我当然记得那只母羊，它肯定很老，它已经很多年年年生双胞胎，而且能毫无意外地将羊羔带大，真是一只好母羊。而那头种羊就更有意思了，它身板高大，肌肉、犄角发达，毛色纯正，是顶级种羊中百里挑一的。唯一美中不足就是它那惊人的硕大的阴囊。我记得前年我将它借去给我的母羊配种。一个夏天结束，转场的途中，我从头到尾看着它走在我前面，甩动着那巨蛋艰难地走着。巨蛋摔打在它大腿外侧，走得越快，摔打得越频繁。我都看得蛋疼，几乎难以忍受，它当然更不好受，旅程的后半段，它几乎是收缩着脊背，弓着腰坚持下来的。我生出恻隐之心，哪怕给别的牧人让出牧道也不愿意再让羊群疾速前行。有六七次，我堵截在羊群前面，让羊群停下来，让它喘口气，歇歇它那可怕的累赘。冬至那天，我将它装进借来的微型小货车，送回叔叔家。

它还是那样吗？想到它的状况我就感到难过。

不知道是不是老了，它的那对家伙越来越大了，而且那皮袋子松垮得呀……也越来越长，快要拖到地上了。

我能想象那种场景，感到一阵揪心。太可怜了。我说。可怜？叔叔乐起来，我看没有，它可不老实，一直厉害着很呐。那肯定的，一看那家伙什就知道了。我们心照不宣地哈哈笑起来，任雨水浇湿身子。我们好像很享受这种遭罪的感觉，站在臭烘烘的羊圈里不肯离去。我想起因为这只种羊而遭受到的那些嘲笑，以及由此得到的名声，至今感到尴尬。

它可把我害惨了。我说。

怎么的？叔叔不满地看着我，你还不念好？

现在我们那里的人都叫我甩蛋蛋了。我说。

哦，那肯定是你不老实。他将手电照在我脸上，很肯定地说。

它的几个后代我都留成种羊了。我说，现在看挺正常，不会像它那样子。

我见到了，除了那只直角，其他的不适合留到成年。叔叔说，而且你的有些母羊也不咋地。

能领出好羊羔就行，而且我很快会更换的。我说。

你还是没有用上心思。他说，剪完羊毛，我给你找个女人。他兀自嘿嘿一笑。

我们回去，将惨不忍睹的鞋子脱了扔在外面，用廊檐水洗净了脚。大雨一点没有收敛的意思。

4

第二天早上，雨虽然小了些，但不适合剪羊毛，叔叔有些不甘心，但也没有办法。他请来帮忙的几个人都打电话确认情况，叔叔说推迟至明天。但还有一个人是婶婶亲自打电话过去的，然后对我说，你去接一下，这个人必须来。婶婶给我说了路线和那个人家的房子特征。

本来，我是想让你弟弟和她处个对象的，但是你看看你弟弟，心思不在家里。婶婶一副黯然伤神的样子，她在叔叔面前是肯定不敢流露出这个样子的，即便在我面前，婶婶也很快收拾好了心情，转而露出愧疚的意思。那女娃叫桑吉，是一个很好很好的丫头，我们不能害人家，我和你叔叔就跟她说，你们先见个面，你好好看看人家，你会满意的。你踏实可靠，我跟她做过保证，但她因为你弟弟的样子，还是很怀疑，你去把她接来……好好看看……

我穿上雨衣，朝叔叔不怎么开动的那辆夏利车跑去。这辆破车很艰难地启动，花了好一会儿时间才动起来。这辆车是弟弟开来的，应该是三四年前吧。他用了一个星期时间教叔叔学会了驾驶。但叔叔更喜欢骑在马上，他不喜欢车。

在泥浆横流的道路上，车轮半是滚动半是滑溜，行驶得很别扭。半个小时才走了不到三公里。雨势渐渐磅礴，四野声势大起，一片灰蒙，根本看不清前面的状况。因为路被雨水灌成了河道，两边的草地却高出路面，车子就像航行在一条窄河上的小船那样起伏。我终于找了个合适的坡度，将车开到草地上，我怕再不出来，就会陷在水里面。

草地上一撮撮蒿草圈形成障碍，车走得更慢了。雨刷器疲软无力地左右刮摆着，湿气从四面八方钻进来，挡风玻璃被湿气遮盖，我好像被闷在了一个湿乎乎的玻璃瓶子里。我在储物箱里找到了一块红抹布，一遍又一遍地擦去玻璃上的雾气，蠕动了将近四十分钟。婶婶简明扼要地说了，沿着这条路一直走，就会看见紧挨在路边的一栋房子，经过这个房子，下一家，一个有红色铁皮屋顶的房子就是她家。我应该已经走了七八公里，看见了几栋房子，但没有看见紧挨路边的那栋。有两次我不得不停下车，到外面去查看。前方灰涂涂的，没有房屋，没有树木，没有人影，也没有牛羊。这片撑开的原野上，只留雨水从天而落的声音。

再行驶了二十分钟，我终于看见了那栋房子，再往前不久，她家的红铁皮屋顶也出现了。有一条更小的小路通向她家，但这条窄路也已经成了一条小河，根本不能行车。我停好车，冒雨朝那边走去。怀着一股糟糕的心情，我终于站在房门前，雨线中有人打开了门。这个女人很年轻，一张很整洁端正的脸。如果我的眼神没有问题，那她应该是结过婚甚至生过孩子的女人。我不知道自己有什么必要想到这些，我的打算是应付应付婶婶，免得她伤心。我说明来意后说，桑吉，我们赶紧走吧。

桑吉转身关好门，我们一起踩进雨雾中。雨声变幻莫测，有一股接一股海水浪潮的声音。我看她背影，身材健瘦，不说妙曼多姿，却也苗条干练。

我们坐上车，都不自觉地松口气。这雨太大了，应该好几年没有这么大的雨了吧？我尴尬地说了一句。

大沟那边大概要起洪水了。她看向窗外，答非所问。

大沟啊。我惊讶地看向她。你说的是那边的大沟吗？

还有别的大沟吗？

呃，好像没有。但那边估计都不下雨。

天气预报说是大暴雨。

是吗？你确定吗？我听她这话，一股担忧涌上心头。大沟离我家可不远，我虽然将家里的牲畜都交给好友照看，但如果起洪水的话就太危险了，我还是得尽快回去。我一边开车一边腾出手来擦玻璃。她好像想帮忙，但又没开口。一会儿，她摇下车窗，让我停车。不等车停好她就跳下去，在草丛中拾起半截竹竿，回到车上取过那块布，缠在竹竿一头。她试了试，刚好可以从副驾驶擦到我前面的挡风玻璃。走吧。她说。

每隔一会儿，她都伸出竹竿，在车窗上上下滑擦几下。多一个人在车里，加重了车内的湿气，她身上散发的热气味道很怪，初闻时有羊粪的味道，但那只是一瞬间的微弱气味，而后是长久持续的洗发水和护肤品的淡淡香气。我发现她的指甲剪得干干净净，没有涂指甲油。

回去时更艰难。我还是没有走那已然蔚为壮观的“水路”，但在复杂的草地里绕行，困难每一分钟都在增加，我不停地停车下车探路，走得越来越慢。她自告奋勇说要帮我去探路，并且保证她也会开车，知道分寸。我将雨衣脱给她穿上。再一次停车后，她去探查前面的水坑，回来很有经验地说没问题，可以冲过去。一旦开始做事，她就变得豪迈起来。她不停地擦去脸上的雨水。她的头发里蓄积了大量的雨水，不停地流到脸上。我好奇地问，你怎么那么熟悉大沟呢？她说，我在那里住过啊。

你在那里有亲戚？

她说，我姐姐在那里。

你姐姐是谁？

我姐叫恩措。

原来你是吉保的小姨子啊，怪不得我看你有点面熟，原来是恩措的妹妹。我恍然大悟，吉保从来没有说过有一个这么漂亮的小姨子……

你认识姐夫？

我何止认识，我简直……也不对，我要是十分熟悉的话，那应该早就认识你了，但我们真的很熟悉啊，那个混蛋居然如此防备我。

她笑了笑。我问她笑什么，但我心里明白她笑什么，所以我也笑起来。这样一来，车中气氛随之一变，一种淡淡的温馨的感觉出现了，而且我们都觉察到了。她第一次出现扭捏的样子。我虽然盯着前方的路，心思却在她身上。

如果早认识几年，说不定我们已经是好朋友了，或者，有更好的关系。我说。

她装作没有听出话里的意思，但过了几秒，还是小声说，现在不是认识了吗?

是啊，缘分是挡不住的，哪怕是吉保也不行。

她斜觑着我说，别欺负姐夫。

嘿呀。我做了个鬼脸。

她一个小拳头捣过来，你这是什么表情?

我要狠狠说他坏话，因为我吃醋了。

你吃哪门子醋啊，你这人真奇怪。

我也这样问自己啊，然后我就告诉自己，你也太厉害了，喜欢上了这么漂亮的一个姑娘。

姑娘?哈哈，你笑死我了，我的孩子都成姑娘了。

那你应该知道一句话。我说。

什么话?她有些警觉地看着我。

有句话说，情人眼里出西施。

她哼了一声，我可没看出来。

没看出来什么?

我没看出来我在你眼里是那样的，你在看我笑话吧?她又表现出一副怀疑的样子。

我说，为什么你会这么想呢?我感到很奇怪。

因为你刚才见到我的时候，我可没看出来你有这个意思。

我脸上有些发热。对不起啊，刚才我确实不够礼貌。

你婶婶说了吗？

说了，然后我才来的。我犹豫了一下说，我有一个问题想问你，又怕不合适。

问吧，我没那么小气。

我弟弟是什么样的人，你肯定是知道的，但你为什么又愿意和他……

愿意和他处对象是吧？她接过话头说，谁说我要和他处对象了？

什么意思？我看着她羞恼的神情，突然灵光一闪想到一个可能，但我实在不敢相信，你是说你本想和我……

她扭过头看外面。

哎呀哎呀，这个婶婶，她怎么能这样，她这不是截胡嘛，太过分了……不过，不过你也别生气，原谅她的胡闹，她也挺可怜的，而且你看，最终我们还是见面了。我想起婶婶愧疚的表情，这才明白是什么意思。

你都不知道你婶婶有多么执着，她非要我和她儿子交往一段时间，还说所有人都误会了她儿子。

那你是怎么让她改变心意的？

很简单啊，我说只要她儿子不再出去流浪，我就考虑考虑。

这招真高明，一击而中。我朝她竖大拇指，说，不过我还有一个问题，你是怎么知道我的？我的意思是，你肯定是很了解我，才有这个想法的，你从哪里了解的，你姐姐吗？

除此之外，还有别的可能吗？她大大方方地承认了。

哎哎，这个婶婶，害我留给你不好的印象，真是冤枉。我跟你商量个事。

什么事？这会儿她侧过身子，很认真地注视着我。

你能把之前那段事情从你脑子里删掉吗？就当我们是现在才认识的。我说。

已经晚了。她佯装伤心，我现在在想，我是不是太主动了，我以为我们都已经结过婚，就不必像第一次那样麻烦了。

是的，没错。可是我太冤枉了，我都不知情。到现在我都很惊讶，一方面，我还有很多疑问想要问你，另一方面，你在万千之人当中选中我，让我感动又骄傲，我在想，这份沉甸甸的情分，我该如何去呵护，你知道吗？我现在心里都乐开花了。

这个早上发生的一连串的事情，没有一件事正常到让我可以预料到。婶婶的心思、叔叔的心思、她的心思……我有一些不适应，但我对桑吉已经心生爱慕，她让我受宠若惊，我居然会被如此看重。虽然我不了解她，但我相信婶婶，她要给自己儿子找的媳妇，绝对是经过严格筛选的，尽管事情最后并没有如她心意，但看样子她已经想通了，把我叫来就说明了她的意思。我想我大致上已经了解了事情的前因后果，套用一句老掉牙的话就是：好人有好报！

5

桑吉入神地望着朦胧的天际，开口说自己的往事。

我有一个女儿，今年十岁，叫英格玛。她说。

一听名字就是一个可爱的小姑娘。我说。

她调皮得很，小嘴会说得不得了，我常常被她气哭。

哈哈，我都迫不及待想要见见英格玛了。我说。

桑吉离婚有五年了。自从前夫和一个中年妇女的那点破事被她发现后，她二话不说就离了婚。起先那个混蛋还想玩一玩手段，但她可不是吃素的，哪能让他得逞，三下五除二便将事情处理掉了。离婚后她终于放下了心事，有了活力。

我那时候无论怎么做都没办法让自己乐观一点，对英格玛很凶，但她好像不在乎，或者她那么小就已经懂事了，宽容地理解着我。就算没有那个女人，我也会离婚的，因为我绝不和打老婆的酒鬼一起生活。她说。

她和这个男人结婚几年，却很少见到他，最长的一次他消失了七个月。她说，我不想英格玛在这种环境里长大，趁她还小，我带着她离开了。

真是瞌睡了送来枕头啊。

什么？哦，你说得也对。没错，就是按照我的心意来了，但这也不能算是我的错。她说。

当然不能，你有充分的理由这么做。我很肯定地说，而且在我看来，你对那个男人还是太优待了，你给了他太多机会。

那也是应该的，不管怎么样那时候我们还是夫妻。不过事情早已过去了，最终我赢了，但也彻彻底底地输了。

她甚至没找前夫要女儿的赡养费，也没要一分钱的离婚财产——哪怕那些财产都是她辛辛苦苦挣出来的——只因为她怕被纠缠，她需要没有任何纠葛的切断。她带着女儿净身出户，但一点不害怕，因为她还有依靠，无论是精神的还是经济的。她在娘家还有份子，一些牛和羊，一匹马，还有虽然不大但很好的草场，这些“嫁妆”早在她结婚的第一年父亲就准备好了：给每一只羊脊背涂上和家里不一样的颜料为记号，以此分别开来，这些羊就是她的；给每一头牛耳朵上打上不一样的耳穗……总之，一切都准备好了，只等一个吉祥日子，将女儿女婿请来，做上一桌好菜，正正规规地将这些“嫁妆”交到女儿女婿手上。但这样的事情没有发生，被她阻止了，说先等等。老两口立刻意识到了什么，却什么也没问。父亲说，那我就先替你养着。此后三年，她的“嫁妆”便寄养在娘家，母牛生下的牛犊一头也没卖，她的母羊产下的羊羔，父亲挑最好的二十只留下，其他的卖了，将钱存进她的银行卡。每年牲畜生产完了，他会给她打电话，又或者她回娘家，父亲给她汇报一年的收成和损失，因为什么原因死了几只羊，又出生了多少，卖掉了多少……

每次她先是发脾气，气他说这些，而后就开始哭。她的心里，别提有多幸福了。后来她离婚了，回到家，将三岁多的英格玛往父亲怀里一放，老两口比她结婚还高兴。她以为，接下来会是一番介绍、相亲这种让人颓丧的日子，但奇怪的是，整整一年，父母没有任何动作，好像她结过一次婚，就再没有婚姻了。最终还是她压不住内心的好奇，问了母亲。母亲说，我们再也不掺和你的感情了，说来说去，还是你自己找的好。你怎么不去找一个？

所以不管怎么说，这是我第一次相亲，无论如何我都很感激你婶婶。她说。

这是什么意思？难道就没我什么事吗？

我什么也没说，你那么敏感做什么？

能不敏感吗，我全程都蒙在鼓里，好歹我也是一主角啊，你知道叔叔去找我时是怎么说的吗，帮他剪羊毛。

也许你很高傲，他们知道让你来相亲你不会来。更何况是我这样的女人。

我要是知道来和你相亲，就会好好打扮一番，你看看我这个样子。不过我平时很干净，也经常洗澡，身上一点都不臭，不信你闻闻。

兰台吉，你这人真讨厌。

我就是想说，你的眼光很好，看中的男人很优秀。

哼，谁看中你了。

我说错了，是我看上你喜欢上你了。我将车停住，扭过身子看着她，说，我还有一个问题，这几年，你难道真不愿意再组建一个家庭吗？

一个带着孩子的老女人，谁会要呢？

你这话说得，真不诚实。而且，你在讽刺我。

嗯？怎么会呢？

你这么漂亮年轻，又有气质，又能干，如果你还没人要，那我这样的男人又算什么？既没有长相，也没有其他实力，我应该怎么评价自己？垃圾吗？

你怎么能这么说呢？她脸上的表情有些僵硬，哪有人这样作践自己的？

你也知道不能作践自己？难道你只会这样要求别人，而对自己宽容？

她愣了愣，捂嘴轻笑，眼神敏巧地看着我。我们对视一眼，这下我真有些不好意思了，因为她好像看穿了我所有的心思。

你以为我不知道？我说的是有道理有依据的。男人越老越吃香，女人越老越悲惨，这不是人们挂在嘴上的道理吗？再说，你对自己的评价……你是不是故意这样说，讥笑我？

再没有比你更好的女人了，在这片草原上。我很郑重地说。

我不善良，也不漂亮。

你说了不算，我觉得你漂亮善良就行了。

你是在表白，还是胡搅蛮缠？

我说了真心话，却得到这样的质疑，但如果我说一些真真假假的话，兴许你就信以为真了。所以这世界，有时候真的是颠倒了看才正常。

哎呀，说得好有道理，我都相信了，你接着说。她装出一副崇拜的样子。

什么？你还想听，哎呀，你真是没个够，真是——我身上狠狠地挨了几拳。

对不起，我不该开这样的玩笑。

你这样真的不对，更不应该。

我的心思都花在如何给你好印象上，而且脑子也不够机灵，但我……

是啊，你连脑子都不灵光了，却能说这样的话，你根本就是故意的吧？

老天在上，我该怎么证明我的真心？

你可以发誓呀。她说。

我发誓，我一定会娶到我身边这个女人，无论上刀山下火海。

你真能说，像英格玛。她语气平淡地说。

桑吉，如果你的美丽有一半是天生的，那么另一半，就是你后天塑造的。你很了不起，你知道吗？

你以前也这么泡妞吗？

泡妞？你说泡妞？

有什么不对吗？

我第一次听见女人这么说。

你以前认识的都是些什么样的妞？

你知道吗，我现在想跳进外面的水里洗洗，证明自己的清白。

清白的人，不用洗也是清白的。她说，而像你这样的男人，用汽油也洗不净。

我不想让你误会什么，你是听到了什么谣言吗？那也不应该啊，我的感情经历那么苍白，几乎啥也没有。

你挺好的……

好啊好啊，你太聪明了，你欺负我，我要报仇！

你干什么，哎哟，你的手真黑，怎么会这么黑呢？

她的手并不细腻，反而有点粗硬，但我很愿意一直握着。我握住她的手，接着往前开车。雨好像小了一点，那种灰白的雨雾变得浅淡了。我们沉默了一会儿，我说，我还是想冒昧地问一句，你对我的印象主要是好的，而且是真的吧？

你不会是在想，我这个女人在一派胡言吧？同志，你太敏感了，而且你也将我的真话当作一种谎言，正如你刚才说的那样。她将目光转向窗外，用手掌抹去玻璃上的水汽。虽然外面的玻璃上，雨线源源不断地向下流动，但还是能够看到一些建筑物。

6

我们抵达叔叔家十分钟后，大雨猛地停歇，云层淡薄了。

桑吉进屋后稍坐片刻，便跟随婶婶进厨房准备午饭，两人小声咕哝，婶婶的笑声不时传出来。叔叔在家里待不住，刚刚进来，喝一碗茶，又套上雨靴看牛去了。他们的宝贝孙子在炕上睡得香甜。

院子里积满了浑水。叔叔用红砖铺就的院子有两个出水口，但仍有大量的雨水从大门流淌出去。我走到阳台，看大沟的方向，担心着家里的情况，但我并不打算回去。我给我那朋友发了一个很长的短信，说了缘由，告诉他我还要三五天才能回去，请他务必多多费心。过一会儿，他回复：真正的缘分只有一次，遇到就别错过。等你凯旋，贺喜！

午夜的黎明

这些日子，我平静地等待着那一刻到来。我每天都对自己说：这是没办法的事。自从瘟疫爆发以来，我一点点地失去了信心，我觉得羊群不可能恢复到从前的那种规模和状态了。我最害怕的就是，哪一天又有什么奇奇怪怪的病菌到来，把我辛辛苦苦发展起来的羊群消灭掉一半。这种打击来一次就足够了，人生中经历过这么一次已经是倒大霉了……我有一点想不通，在这次灾难中，为什么我的损失最惨重？为什么只有我的羊死掉了那么多？我仔细打听过了，才让多杰损失了三十九只羊，而我的损失是他的三倍。所有的防疫措施我都做了，老天不公！

从慌乱到恐惧，从恐惧到麻木，从麻木到心如死灰。那一刻我决心不再养羊了，什么意思也没有。

自从下定决心，心态马上就变了，我开始考虑以后的生活，不作为牧人的另一种生活。那是一种什么样的生活呢？我还没有找到具体要干的事情，但这不妨碍我一遍又一遍地展开各种幻想。这些幻想能很好地帮助我更细致有效地去处理当下的一摊子事，好像不赶紧处理掉这些事情我就会大难临头。

我比从前更有干劲，事情一件件摆平，问题一个个处理。我一点点地抹去在这块草地上涂染了几十年的痕迹。

但我还是病了。一天夜里，我从汗水浸透的噩梦中醒来。接着，就是一连多日的失眠。失眠加重了我的幻觉，即便在白天，我也能轻易地进入另一个真实而又漫长的时空维度中。在这里，多年前的一段历史被我观看、感受了一遍。

九月，定居点的房屋周围被芨芨草和蒿草圈包围。那是草木长得最繁茂的一年，繁茂得有些诡异，因为厚厚的沥青铺平的屋顶上，也令人费解地出现了一撮紧挨着一撮的野草。我牵着我的马，从平房旁边的小草场里往外走，一人多高的草丛浓密得简直跟我脑袋上的头发有得一比。我十分吃力地在前面踩出一条小道，气喘吁吁。我嗅到了从这铺天盖地的野草内部散发出来的强烈的植物汁液的气息。打了几个响亮的喷嚏之后，我低头从网围栏和土墙之间的小门走出来。我的马也很有经验地低下头走出来，小门上面横拉着的那道铁丝从它的脊背上刮过去，它的身体不由自主地颤动了一下。

我点燃了一根香烟，抽烟的样子与父亲很像。十年前，父亲同意我抽烟的那一天，正好是九月二十六日，我十五岁的生日。那时候父亲没有意识到生日的意义，我也没有。无风而燥热的下午，我们站在公共水房的檐下，默默无言地盯着一溜儿排开饮水的马群。父亲兀自点上一支烟，很平淡地说：你也抽。我哦了一声，也很平淡地掏出烟，点上。那天我们没有心情在抽烟这件事情上纠缠，我们家的马群数量即将再次缩减。生活艰难，这是没有办法的事。那是我们最后一次赶着马到水房饮水。父亲心里难过，千挑万选出来五匹马，他一匹也舍不得卖。它们各有各的好，各有各的用处。在确定它们命运的几天里，父亲将每一匹马的身世和它们对这个家的贡献都回忆了一遍，有很多很多的事情我都是头一回听说。一匹年满十岁的马竟然可以创造那么多辉煌！我尤其佩服年老体衰的黑枣溜，它是父亲当武装民兵时的坐骑，陪着父亲经历了数次生命危险而毫发无伤。暴烈的性格和强壮的身体让它奔跑起来永不知疲倦，正是它的狂野拯救了父亲的性命。父亲一直舍不得卖它，不愿意失去它。但岁月不饶人，也不会饶过马，它已是三十岁的高龄，这在马中绝无仅有，最后一颗磨损得仅剩四分之一长度的牙齿也在秋分这一天寿终正寝。此后短短两三天，它就瘦得不成形状。为了避免它遭受饿死的凄惨命运，父亲强压悲痛，把它加进出售的名单当中。黑枣溜也罢，父亲也罢，甚至是我，终究要面对这一天，生离死别在所难免。

这件事情过去不久，父亲去世了。而我继承的马群每年都在减少，到了今天，最后一匹也将离开。我像十年前和父亲去水房那样牵着它——我的岱钦，这匹从我九岁开始就一直陪伴着我的马，最后一次去饮水。这个水房十年来没有一点变化，房檐没有变化，那条结实的、长长的铁水槽没有变化，只是水流已经没有当初那么大了。原来像湖一般庞大的水池逐年缩小，如今只有一个小羊圈那么大了。我的心情，和十年前的父亲如出一辙。我抽烟的姿态，也和十年前的父亲如出一辙……

我站在水房的房檐下，握着用三种颜色的尼龙绳编织的缰绳。这是我最好的一条缰绳，只在赛马会上用，给别人看。以后就用不到了。缰绳的那一头晃动在岱钦的脖子底下，铁扣环和半截缰绳被流水打湿，变了颜色。岱钦吃水吃得津津有味。它一直关注着我，少了耳尖的两只耳朵很有力地侦探着。它的耳朵好几年前被捕狼的夹子夹住了，好在只是夹掉了耳尖，它的命真大！我知道人们在背地里都叫它“没耳朵”，但无所谓，谁还没有个绰号呢？

岱钦吃饱了水，踱过来站在我身边。它还不知道自己的命运已经被我改写了。我和它说了一会儿话。我说岱钦啊，我不是故意的，你知道你老了吗？和黑枣溜一样老，嗯，虽然没有那么大岁数，但也很老了。岱钦的嘴碰碰我的胳膊，它开始拉着我往家里走。我揉了揉眼窝，跟着它。它的步态好悠然啊！我说岱钦，我不是故意的。岱钦什么声音也没发出。

到了家里，我把缰绳递给那个早已等得不耐烦的人之后，就憋着一口气钻到屋里去了。我知道岱钦在背后看着我，并疑惑我的行为。可是我没有回头。我在屋里听见那个人往车上装岱钦时，它惊恐挣扎，把货车撞得哐当作响。我听见岱钦大发脾气，朝天嘶吼。我找到耳机，把它塞进耳朵，听起了音乐。音乐让我回忆起和岱钦的点点滴滴，它闯过的那些祸，它得罪过的那些人和马……

窗户上的光线不知不觉间暗淡了，屋里黑黝黝的。我站起来，僵硬地环顾四周。这座房子是父亲在比我现在大不了几岁的时候建造的。他就是在这三间土平房里迎娶了我的母亲，生养了两个孩子。后来他又加盖了一间，房子变成了四间屋子。正是在这间屋子的土炕上，母亲永远地停止了呼吸，弟弟八岁的时候，也在一个晚上闭上了眼睛，再也没有睁开……而后是父亲……那天他说，龙登，我们爷儿俩还能过几年？我不知道该怎么说，只好低头吃饭。父亲咳嗽着抽烟，眼神迷离，不知道在想什么。后来，他睡在他和母亲以前睡觉的土炕上，再也没有起来。这样一来，家里只剩下我一个人。我仔细算过了，我们一家人完完整整地生活了四年，然后我们爷仨生活了四年，接着我们爷俩生活了四年。

家里只有我一个人的第二年，我叔叔张罗着让我娶妻成家。妻子是同村的一个只见过寥寥几面的女孩，她比我小四岁。我们准备结婚时她还没有到法定结婚年龄，叔叔求人跟派出所的户籍民警打了招呼，把她的年龄从十七岁变成了二十二岁。我问叔叔为什么要大我一岁？叔叔说，女大一岁抱金砖。但很显然，叔叔错了。我们结婚刚满一百天，我刚尝到婚姻的滋味，一天早晨醒来，她不见了，我们的被子上放着一瓶用白色哈达包起来的青稞酒。我很恐慌，屋里屋外到处找她，到叔叔家，到一公里以外的邻居家找她……到了黄昏，我回到家，对自己说，你的媳妇跟人跑了。我回忆了一下这一百天中她的表现，没有发现什么异常，我想也许是我沉浸于新婚的快乐之中，丧失了观察和警惕。我接受了这个结果，再没有去找她。这样过了两年，几乎所有人都忘记我结过婚。而我也习惯了一个人做饭吃饭，一个人做事情，除了偶尔需要帮手的时候，我并不觉得一个人有什么不好。

窗外出现了杂乱的声音，打扰了屋里长久的寂静。我感受到一阵来自大地的震颤，我知道这是羊群奔向羊棚的声音。它们的归来说明天色已经很晚了。我有一百三十八只羊，其中有五只是种羊，有二十六只是羯羊（被阉割掉的羊），有三十三只是去年的小羊，剩下的都是母羊。我的这群羊吃的是我们家里传下来的草场，住的是父亲在世时盖的羊棚。他那时候说，将来把羊群养大了，就得盖新羊棚了，新羊棚好啊，有玻璃。可惜的是，羊群比他在世的时候少了一半。这一半羊，或是进入了屠宰场，或是成为别人家的羊，总之和我再无瓜葛。这么一大群羊换来的钱财让很多人操心，他们尤其关注这笔钱的去向。当有人或含蓄或直接或讽刺或挑衅地问起这笔钱的时候，我就说，它们差不多会进入你们的口袋吧！这样的说辞更加让他们摸不着头脑。他们进一步追问，我统统以沉默作答。

我并没有理会羊群。我知道，它们在家门口逛荡一会儿后，就会自己跳进羊舍里去。到了晚上，我因自责而自残的手臂开始渗出血水，空气中浮动着一股清凉的腥味。黑暗世界里，老鼠在天花板里和碗柜后面过着它们的生活。这栋房子即便只剩下我一个人，也从未显得空旷过。在那种下雨、刮大风或者闷热的日子里，这栋房子反而显得十分拥挤。每当那种明晰的感觉浮现心头，我都会到处瞧瞧，除了父亲、母亲和弟弟他们从某个地方回家来躲避风雨，我想不出还有其他的可能。但在大部分时间里，这里和平常一样，没有异常。这样的夜晚特别适合清醒着听老鼠们闹腾。我审视自己的动机，不过是太无聊而已。手臂的伤痛很及时地压制了我的兴奋。在此之前，我一直处于兴奋之中。这种兴奋有效地抹除了一部分我对岱钦离去的哀伤。而且，不知因为哪方面的诱导，我的脑海里一遍遍地出现一幅玫瑰花怒放的画面，直到我决定将这幅玫瑰花图画出来，画到房子的天花板上，情况才缓和下来。到了后半夜，风浪包围了房屋，每夜都会光临屋顶的野狗受寒了，在上面不安地走来走去，而后“扑通”一声跳到院子里。透过窗户，我从星光中看见它模糊的身影逐渐缩小，直至消失在远方的夜幕里。

我就这样度过一个个独特的夜晚，直到将孤独完全据为己有。每一个这样的夜晚，我凝视着这住满老鼠的天花板。玫瑰花图案总是有变化的晕染，从含苞待放到肆意盛开，再到集体枯萎……周而复始。偶尔，我也会将目光移至神奇的窗户上。每个夜晚的窗户都仿佛是一条神秘的通道，连接起另一个世界，但我从未想过通过这扇窗户去探寻那个世界。在我的世界只有一扇门，而这扇门在另一个房间。那是一扇陈旧的、由祖父安装的，被父亲、母亲和弟弟的手抚摸而裂开的黝黑的木头门。我永远从那里进进出出，安心地消耗生命。但是当我长时间一个人生活，每个夜晚在窗户前呆坐，我分明感觉到了另一个自己。那个也许同样是独自一人的我，似乎对我这边的生活充满好奇，夜深人静之时，小心翼翼冒出来，交流的渴望、交换彼此的欲望那么强烈。我从那边的我的身上看见了许多令人深感遗憾的东西，似乎我以前也这么做过，留下了很多遗憾，我感知到了这些。我幻想到的那些奇妙场景或许就来自那里。我穿过这扇窗，便会抵达那个世界，我们相见，交换彼此。那个世界，究竟是什么样的世界呢？

我也做了许多梦。我梦见了一个交易商，叫扎巴耶夫，也许是个俄罗斯人。在梦中，他对我很和蔼。那会儿我还是一个小孩，我喜欢上了他，跟着他走了一段路。途中的风景由许多形状扭曲、夸张而又模糊的方块组成，我说很好看。交易商说是的。他为什么是一个交易商？什么是交易商？他说是专门做交易的，什么交易都可以。这是他重复最多的一句话。因为听得太多，我不由得警惕起来。什么都可以交易，连生命也可以吗？当然。他很肯定地说，有的人的生命只值一顿饭钱，而有的人的生命却可以买下整个宇宙。我说那我的生命呢？他说，你的生命结束的时间不是现在，而且你也应该在只剩下最后一天生命的时候再发出诘问……当我看见父亲和弟弟出现在梦里，开始给母羊喂羊饲料的时候，我就知道我该回去了，天一定亮了。

终于，该来的人来了，那一刻终于到来了。我拖着沉重的身体，只能坐在门前的台阶上，嗅着空气和草木相爱的气息。它们带给我的是痛苦和悲伤，是放下了什么难以割舍的东西后的失重。

我没有去羊舍。我看着他们兴高采烈、嘻嘻哈哈地走向羊舍，看见他们的司机将红色的大货车倒向羊舍。羊群受到惊吓，乱成一团，一阵震颤从地面传导到我的身体里。我闭上眼睛。几年前，我的马也是这样被带走的，一去不复返。时间过得真快啊，仿佛我又把自己的马卖了一遍。

羊群离开后，家显得更大更空旷了。它们在的时候，其实是很喧嚣的，吵得我很烦。有时一些羊闯祸了，我恨不得把它们全部杀死，它们简直就是我身上的寄生虫，让我浑身上下没有一个地方是干净的，为此我很长时间睡不好觉，但如今一下子全没有了，我又感到失落。我的体重一下子掉到了可怕的程度，健康好像也离我而去。我站着的时候，估计只能往前走上一百步，然后就会失去所有的力气。这一百步可能就是我今生的所有路程。我走到最后一步就会站住，看看眼前的一切：水槽、水池、地上与枯草搅和在一起的羊毛、木杆子、网围栏、历经几十年风雨的土墙、远处的山、山背后的天空、天空里的云……这些似乎都和我没什么关系了。我的羊群还在的时候，这些都和我有关系，紧密相连，而现在和它们分开，就表明我也可以离开了。它们的离去，挖空了我心中的一块大地，我为此哭泣和流血。当初做出这一决定的时候，我就已经预料到以后会面对什么。一旦一种行为被预先设定在潜意识里，那就几乎是不可能逃脱的。这种折磨中带着快意的感觉，我早已有所尝试并且记忆深刻，有时我在午夜或黎明醒来，一时间不知身在何处，心中积蓄的酒精般的苦楚潮水一样淹没我。我在这样的时刻回忆这些东西，能得到意想不到的收获。尽管有很多年我似乎一直被父亲和家庭的某种不好的气氛笼罩，但一旦挣脱，反而是罪恶泛滥的开始。也许，这才是我想不通的事情。而且，也是那么奇怪的，我爱狄兰·托马斯，爱他放荡不羁的生活，爱他用残废的手写出来的优秀的诗歌。我不知道这个与我毫无关系的美国人是怎么来到这片草原，来到我孤独而又幽闭的房间，来到我孤独而又幽闭的手中的。他来得不分昼夜，却又显得那么有道理。真是一种古怪的道理啊！他和那个俄罗斯商人巴扎耶夫一样来得有道理。

好吧，好吧。我知道现在只剩下我一个人了。我当然还可以继续活下去。只不过，我越来越讨厌夜晚，越来越讨厌夜晚总是响个不停的房间了。我觉得自己已经睡到了外面广袤无垠的夜空里，但下一刻，我又觉得自己从那同样响个不停的夜空里回来了。房顶一只神秘的狗脚悠闲地踩踏着我苦闷的睡眠，这让我感到欣慰。仿佛我终于释放了那一团不知所措的心火，仿佛我骑着大象在夜空的云朵上散步。我终于睡着了，在黎明的怀抱中。